原本應該最討厭……
什麼……!!
你的率直才對。
告白預演系列 10
原本最討厭的你
原案／HoneyWorks
作者／香坂茉里 插畫／ヤマコ

U0045627

四月，高二生開學典禮當天早上。
二年四班
二年三班
二年二班
班
雛，妳被分到幾班？
你想跟我分到同一班嗎？
不是啦，我只是……
我們同班喔。得表現出學長姊的樣子才行！

既然跟雛約好了，
我可得加油才行。
絕對要
射門得分！
妳的一句話，
竟能帶來如此大的變化。
加油～！
上啊～！
不准輸……

你或許是我的英雄呢。
原來他這麼厲害啊……
心跳聲一直清晰迴盪著。
說不定，虎太朗他……
在視線交會後察覺到。

在文化祭時試著牽手，
你在想什麼啦，笨蛋——!!
晚上出來一下吧？
在隔宿旅行的夜晚…
好啊。

妳卻打斷我這麼說…
我有喜歡的人了。
我一直都喜歡著他。
所以，我沒能繼續說完那句話。
像是早已看透了我的心。

一直都不會改變喔。
你幹嘛追過來啦……
還用問嗎？當然是因為擔心妳啊。
無論妳喜歡的是誰，

←面對虎太朗率直心意，雛將會…？

Kadokawa Fantastic Novels
告白預演系列 10
原本最討厭的你
原案／HoneyWorks
作者／香坂茉里
插畫／ヤマコ

NTS

內頁插圖／島陰淚亞

目錄

CONTE

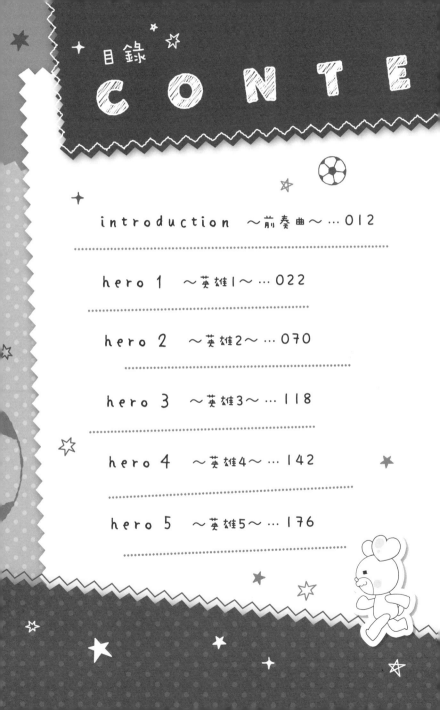

★ introduction ～前奏曲～ ★

走出機場後，眼前是一整片無邊無際的晴空。

虎太朗拿起手機，默默盯著螢幕瞧。

還在猶豫要不要傳訊息給對方時，接駁車便駛進了車站。

「我還是……比較想讓她嚇一跳呢。」

這麼輕喃後，虎太朗將手機收進口袋，搭上接駁車。

待乘客全數上車後，車門關上，接駁車也朝市中心出發。

「我……想去報考北海道的大學……」

他回想起她對自己這麼說的那一天。

introduction
～前奏曲～

那是在升上高三後的夏天發生的事。

在那之後，又過了兩年。

今天，她就滿二十歲了。

她所就讀的大學，從八月就開始放暑假。

為此，進出校園的學生人數並不多。

在正門旁的陰影處等待時，虎太朗不時感受到視線，不禁有些尷尬。

「那個人是在等誰啊？」

「女朋友吧？」

從旁經過的女孩們的交談內容，傳入了虎太朗耳中。

跟她們對上視線後，那些女孩子輕聲笑了起來。

「女朋友啊……」

這麼輕喃後，虎太朗嘆了一口氣。

他正在遠距離單戀當中。

每年，就算想跟她告白，也總會錯失時機而無法開口。

所以，他努力打工，在她滿二十歲的今年徹底做好準備來到這裡。然而——

（突然殺到這裡來……果然還是……不太好嗎？）

可是，他無論如何都想給她一個驚喜。

虎太朗從口袋裡取出一個繫著蝴蝶結的小巧禮物盒。

他朝手錶望了一眼。時間已經來到下午兩點過後。

（要聯絡她一下嗎……）

「虎………………虎太朗？」

聽到這個吃驚的呼喚聲後，虎太朗轉身，發現剛從正門走出來的雛。

「咦！為……為什麼？為什麼……你會在這裡？」

雛這麼說，然後不停眨眼。

「妳問為什麼……」

虎太朗朝雛走去。因為覺得跟她四目相接很難為情，他撇過頭這麼回應。

「因為我很閒啊……」

這麼敷衍帶過後，他朝雛瞄了一眼。

雛瞪大一雙眼睛仰望著他。

然後笑著開口「什麼跟什麼啊」。

「再怎麼閒，也不至於跑到這種地方來吧？」

「這個。」

下定決心後，虎太朗將禮物遞給雛。

僅只是這麼做，就讓他心跳加速不已。

「……我想把這個拿給妳。」

雛「咦？」一聲圓瞪雙眼，雙手接過那個禮物盒。

抽開上頭的蝴蝶結後，雛將手中的禮物盒歪向一邊。

一個幸運草造型的項鍊滑落至她的掌心。

「……生日快樂。」

聽到虎太朗帶著幾分猶豫這麼開口，雛露出一個輕柔的笑容。

「謝謝。」

她望向虎太朗的一雙眼睛，反射夏日光芒而閃閃發亮。

「有嚇到妳嗎？」

為了掩飾自己的害羞，虎太朗以壞心眼的笑容這麼問。

「是有嚇到啦……但也很開心！」

看到雛燦爛的笑容，虎太朗的嘴角也跟著上揚。

「啊！……那個啊，虎太朗，我現在得去實習呢。」

或許是突然想起這件事吧，雛有些慌張地望向自己的手錶。

「傍晚就會結束了！在這之前……」

「不……我也得去打工，所以其實沒什麼時間……」

「既然這樣，你趁比較有空的時候再過來就好了嘛。」

「我就是今天想見妳啊。」

說著，虎太朗微微瞇起雙眼。

（更何況……）

能看到她的笑容，真是太好了——

「加油嘍。」

「嗯……你也是喔，虎太朗。」

揮揮手以「那我走嘍」向虎太朗道別後，雛便小跑步離開。

看著她的身影愈離愈遠，虎太朗輕輕嘆了一口氣。

（又沒能跟她告白了……）

「你還沒放棄啊～」

摯友笑著這麼對他說的傻眼表情，在虎太朗腦中清晰浮現。

「不巧的是，我這個人就是不喜歡放棄啊。」

他抬起頭仰望陽光刺眼的天空，這麼喃喃自語後，露出堅決的笑容。

在這之後，就是延長賽。

introduction
～前奏曲～

直到心意傳達出去之前——都不能放棄。

高二那年的夏天——

在毒辣的陽光照射下，虎太朗以隊服的衣袖拭去滴落的汗水。

他感受著被無情削弱的體力，不禁想要垂下頭的時候——

她大喊了一聲：「不准輸！」

她的聲音讓他抬起頭來。

成功射門的下個瞬間，宣布比賽結束的哨聲響起。

在滿場的歡聲中，他轉身朝她比了一個勝利手勢，她也帶著滿面笑容對他比出相同的手勢。

妳的一句話，竟能帶來如此大的變化。

果然必須是「妳」。

不是「妳」的話就不行——

introduction
～前奏曲～

開學典禮
瀨戶口雛
8月8日生　獅子座　A型
高二　田徑社成員
跟家住隔壁的
虎太朗是青梅竹馬。
個性開朗活潑，
跟哥哥優感情很好。

hero 1 ～英雄1～

榎本虎太朗
11月29日生　射手座　O型
高二　足球社成員
長年單戀著
自己的青梅竹馬雛，
遲遲無法將心意傳達出去。

hero 1 ～英雄1～

從小時候開始，雛的英雄便一直是自己的哥哥優──

外表帥氣、十項全能、個性又溫柔──彷彿集所有理想條件於一身的哥哥。

不只是雛的雙親，甚至連住在隔壁的榎本家夫妻都很依賴優。

雛因為跌倒而哭泣時，優會揹著她走回家。

雛不小心把買來的冰淇淋掉到地上時，優會把自己的那一份分她吃。

發現心愛的玩具被雛弄壞那次，優一度不願意跟她說話。但雛主動道歉後，優仍然原諒了她，並伸手摸摸她的頭表示「我已經沒在生氣了」。

念小學時，優加入了足球社，雛也曾經和虎太朗、夏樹一起去看他上場比賽，為他加油打氣。

那時，她以閃閃發光的崇拜眼神，注視著哥哥在球場上活躍的身影。

他是雛最喜歡，也最引以為傲的「哥哥」。

雛崇拜的對象、心目中的英雄，永遠是自己的哥哥。

這點一直不曾改變過——

四月第一個星期一的早晨。

還完全沉浸在春假氛圍裡的雛，因響個不停的鬧鐘鈴聲而睜開雙眼時，已經是早上七點過後的事了。

想起今天是開學典禮的她，連忙從床上彈起，速速換上制服。

然後匆匆忙忙地衝下階梯。

從今天開始，她就是高二生了。之後也會換班。

大家想必都很在意自己有沒有和朋友分到同一班，所以會早一點到學校確認分班結果吧。

「啊啊，真是的～～我為什麼會在這種日子睡過頭呢！」

雛衝進浴室時，正在刷牙的哥哥優「嗯？」地轉過頭來。

直到上個月，優都還是櫻丘高中的學生，在今年春天畢業成為大學生。

大學的開學典禮比較晚，因此他目前仍在悠哉享受春假。

讓這樣的哥哥如此早起的原因——

「哥哥！……啊，難道你今天要跟小夏約會？」

雛憑著直覺這麼詢問後，或許是被她說中了吧，優被牙膏泡沫嗆到猛咳嗽。

他慌慌張張地扭開水龍頭漱口。

雛的哥哥優，和虎太朗的姊姊夏樹是青梅竹馬。

直到升上高三後，這兩個人才開始正式交往。

雛一直默默支持這兩人在一起，對她來說，這是個令人開心的結果。

不過，開始交往後，優就因為大學入學考，以及電影研究社的電影製作而忙得焦頭爛額，沒能跟夏樹來一場像樣的約會。

大考結束，也從高中畢業後的現在，優總算變得比較清閒了，所以，小倆口今天或許是打算一起出門走走吧。

「妳……沒頭沒腦的說什麼啊……！」

以手背掩嘴的優皺著眉頭開口。他的臉頰微微泛紅。

「啊啊！可是，對不起！讓我先用一下洗臉台吧～我要遲到了！」

看到雛做出雙手合十的動作，優擺出「真受不了妳……」的表情，朝旁邊退開一些。

匆匆洗完臉後，雛對著鏡子梳理髮型，卻發現今天頭髮亂翹得特別嚴重，怎麼都弄不整齊。

「真是，已經沒時間了耶！」

雛一邊在原地踏步，一邊迅速以髮圈固定分成左右兩撮的頭髮。

「……是不是變長了一點？」

聽到哥哥這麼說，雛驚訝地回以「咦，真的嗎？」然後望向鏡子。

（有嗎……？）

她試著把手放在頭頂，但不覺得自己有長高。（註：日文的「頭髮變長」和「長高」讀音相同）

「啊，不，抱歉……我是說妳的瀏海。」

優苦笑著表示。

「什麼啊，原來是瀏海……」

雛嘆了一口氣，望向鏡中的自己。

「為什麼哥哥從以前就很高，我卻一點都長不高呢～」

優不但身型高挑，雙腿也很修長，再加上臉蛋帥氣得可比模特兒，所以相當受女孩子歡迎。

然而，身為他妹妹的雛，雖然已經是高中生了，身型還是稍嫌嬌小。讀國中的時候，她的身高明明還持續成長，但卻在升上高中後就完全停住了。

「比起這種事，妳還是動作快一點比較好吧？會遲到喔。」

說著，優將手掌放上雛的腦袋。後者抬頭仰望這樣的哥哥，然後驚覺「對喔！」。刷完牙，再把亂翹的瀏海整理好後，雛以一聲「我出門嘍～！」準備離開浴室。走到浴室門口時，她停下腳步，轉身望向正在洗臉的哥哥。

「哥哥。」

聽到雛的呼喚聲，優抬起頭望向她倒映在鏡中的身影。

「祝你跟小夏約會愉快喔～我會幫你跟媽說你會晚點回來。」

「雛，妳喔～！」

感覺哥哥即將開罵，她慌慌張張地拋下一句「我走嘍～！」便衝向走廊。磅一聲關上浴室大門後，雛輕輕嘆了一口氣。

「男女朋友啊……真好……好羨慕小夏跟哥哥……」

她望向天花板這麼輕聲自言自語。

浮現在腦海中的，是一張看起來有些軟弱，卻十分溫柔的面孔。

「瀨戶口學妹……」

雛總覺得耳畔響起這道嗓音，胸口浮現一陣刺痛感。

雛換上外出鞋，打開玄關大門。

朝外頭踏出一步後，她沐浴在外頭的燦爛陽光下，抬頭仰望天空。

（我得向前進才行呢……）

為了轉換心情而深呼吸時，「妳在幹嘛啊～」這句話傳來。

雛轉身，發現肩上揹著運動包的虎太朗朝她走來。

「走吧。」

看到虎太朗燦笑著這麼說，雛鼓起腮幫子以「我知道啦」回答他。

將無法傳達出去的心意深埋心中，在畢業典禮上歡送高三學長姊離開後，已經過了一個月——

新學期和櫻丘高中裡盛開的櫻花一起到來。

抵達學校後，雛和虎太朗走向設置在校舍正面入口旁的公布欄。

陸陸續續來到學校的學生們，也都擠在公布欄前，看著分班結果七嘴八舌地討論。這或許可說是每年最令人緊張的時刻吧。

待人潮散去一些之後，雛和虎太朗也朝公布欄靠近，並肩尋找起自己的名字。

（瀨戶口……瀨戶口……啊！找到了……）

確認過自己的班級後，雛開始審視同班同學的名單。

（啊……華子不在裡頭呢。高見澤同學今年也被分到不同班級了嗎～……）

去年還跟雛同班的高見澤亞里紗，今年跟雛的摯友華子一起被分到隔壁班。

國中時期，雛跟亞里紗之間發生過一些事，讓她覺得自己不太擅長跟這個人相處。但升上高中又被分到同一班之後，兩人變得比較常聊天了。

不過，亞里紗直言不諱的說話方式，有時會讓雛不悅，兩人偶爾也會吵架，所以很難說是感情融洽吧。但現在，雛已經把她視為朋友了。

真要說的話，或許是「不吵不相識」的朋友就是了——

「雛，妳在幾班？」

在一旁看著公布欄的虎太朗，將手插在口袋裡這麼開口詢問。

「同班嗎？雖然沒差啦……」

雖然嘴上這麼說，但或許還是很在意吧，虎太朗朝雛的方向瞄了一眼。

「你想跟我分到同一班嗎？」

雛探頭望向虎太朗的臉這麼反問。

帶著一點惡作劇的用意。

她知道，去年分班時，虎太朗其實為了沒能跟她同班一事相當沮喪。

或許是覺得自己被看透了吧，虎太朗有些尷尬地別過臉去。

「不是啦，我只是……」

「我們同班喔。」

雛笑著回應：「得表現出學長姊的樣子才行！」

之後，會出現什麼樣的邂逅呢？

迎接一學年的全新開始，讓雛雀躍不已。

在週末假期結束的星期一早上——

穿著嶄新制服的高一新生入學後，感覺校園內變得更熱鬧了。

看到在走廊上奔跑的學生，明智老師以沒半點魄力的聲音訓斥：「喂喂～不准用跑的。」

去年擔任高三生班導的明智老師，今年則是轉任高一新生的班導。

全學年的古典文學課，都是由明智老師一人擔綱。他會出現在高二班級外頭的走廊上，就代表他之後有課吧。

學生們以「是～！」回應，但最後仍奔跑著下階梯。

看著這樣的光景，雛邁步走向自己的教室。

（社團介紹應該是從下午開始吧？）

田徑社的介紹內容，是由三年級的學姊們在舞台上示範簡單的跨欄跑。

這倒是沒問題，但——

（園藝社那邊要不要緊啊～）

園藝社的學長姊們，似乎打算扮裝成玫瑰花的模樣，以歌舞劇的方式介紹各種季節性花卉。據說歌舞劇的名稱是「玫瑰園的祕密大作戰」。

回想起昨天偷看到學長姊們練習的光景，雛不禁「嗚……」了一聲，表情也變得僵硬。

雖然可以製造笑果，但恐怕不要期待有新生會因此加入比較好。

（要是有個像王子一樣的人物加入的話，其他女孩子應該也……哎呀，不可能的啦。更何況，我才不想招收沒幹勁的人入社呢！）

雛一邊往前走，一邊「唔～」地沉吟。

「請……請問～」

聽到一道戰戰兢兢的嗓音向自己搭話，雛「咦？」地轉過頭。

出現在身後的，是一名身高跟雛差不多、蓄著鮑伯頭的女孩子。

東張西望的她，看來還不習慣這間學校，所以八成是新生吧。

她以一雙不安的眸子望向雛。

「不好意思，請問高一的教室在哪裡呢？」

「噢，高一的教室……妳從這邊走到底的階梯下去，看到走廊左轉就是了。」

雛指著階梯這麼回應。

一臉認真地聽完雛的說明後，新生以「非……非常謝謝妳！」向她鞠躬道謝。

「下階梯之後往左……下階梯之後往左……」

新生一邊這麼叨唸，一邊轉身朝反方向走去。

或許是因為緊張吧，她的一舉一動顯得有些僵硬。

眺望著這樣的新生離去的背影，雛的嘴角不禁微微上揚。

「妳在傻笑什麼啊～？」

被搭話而轉頭一看，發現虎太朗正從教室裡走出來。

「嘿嘿嘿～因為新生看起來一副很生澀的樣子，總覺得很可愛呢～」

「新生？」

虎太朗朝走廊望去，試圖尋找剛才那名新生的身影。

差點撞上高二生的她，現在正慌慌張張地向對方鞠躬道歉。

「是說，那個女孩子感覺跟妳也沒差多少啊。」

虎太朗將視線拉回，從上方俯瞰著雛。

「嗯？我又不是在說外表！」

雛不悅地仰頭望向虎太朗。

「什麼嘛，只是個子長高了一點，就這麼囂張～！」

而且，在這次春假期間，虎太郎的身高似乎又成長了一些。

因為視線高度和過去不同，所以雛感覺得出來。社團活動的訓練，讓虎太朗增長不少肌肉這點，或許多少也帶來了影響吧。無論是體格或臉蛋，他都比過去更像一個男高中生。

（我明明也是每天都會去社團練習呀……！）

只有虎太朗的個子長高，實在是太詐了。

「對啊對啊。你看清楚啦。」

從虎太朗身後探出一顆腦袋的柴崎健這麼開口。

他或許是剛到學校吧，山本幸大也在一旁。

打從國中開始，虎太朗就跟這兩人很要好，經常混在一起。

「瀨戶口的發育比較好吧？」

健在虎太朗的耳畔這麼輕喃。

「喂，柴健！」

虎太朗有些焦急的怒吼響徹了整條走廊。幸大掩耳表示：「你好吵喔……」

「跟這個！又沒有！關係！」

轉身望向健的虎太朗，一邊在意著雛的反應，一邊壓低音量以強硬的語氣回應。

「啊！柴崎同學、山本同學，早安～」

聽到雛的問候，健舉起一隻手，以帶著睡意的嗓音回應「安啊～」。

「早安。」幸大轉身望向雛，然後詢問：「妳跟剛才那個女孩子認識嗎？」

「不，她只是迷路了。」

「迷路？」

「她說不知道高一的教室在哪裡。」

「剛開學就一片兵荒馬亂的呢。」

「這麼說來，雛以前也曾經跑到高三的教室外頭亂晃，結果迷路回不來嘛。」

虎太朗斜眼望向雛，以調侃的語氣這麼說。

「因為我們學校的校舍太複雜了啊！我去了四次以後，好不容易才記起來呢。」

櫻丘高中的學生很多，教室也很多。

而新校舍和舊校舍之間又有走廊連結，讓整體構造更複雜。

想在校內昂首闊步而不會迷路的話，大概需要一個月左右的時間吧。

自己像剛才那名新生一樣，因為迷路而東張西望、不知所措地在走廊上前進，才只是一年前的事情而已。

（真懷念呢～……）

雛不禁瞇起雙眼。

「哦～……妳那麼頻繁地去高三的教室啊。為什麼呢？」

幸大若無其事地這麼問道。

「咦！」

為這個問題心頭一驚的雛，連忙擠出笑容蒙混帶過。

「我……我去找哥哥跟小夏啊～！」

「哦～」

看到虎太朗對自己投以欲言又止的視線，雛以「怎樣啦～！」回瞪他。

「總……總之～先撇開這一點不談！」

虎太朗試著岔開話題，然後抬起下巴，露出些許得意的表情。

「變成學長的感覺果然還不賴耶～！」

「你可別被高一的新人搶走先發球員的名額喔～」

聽到雛壞心眼地這麼說，虎太朗不悅地以「我才不會出這種差錯啦！」回應。

「天知道喔～」

「妳才是咧。可別因為很厲害的新生加入社團，然後突破妳的紀錄，就哭哭啼啼的喔！」

「我什麼時候哭哭啼啼過啦！」

「國中的時候有過啊！」

「才沒有——！」

兩人先是怒目相視，接著又「哼」一聲各自別過臉去。

（虎太朗果然就是虎太朗！）

不管個子長得多高，個性還是完全沒有改變。

在高一入學典禮之後，過了一個星期。

櫻花已經凋零得差不多了，學校裡的柏油路面被櫻花花瓣滿滿覆蓋。

雛匆匆忙忙在T恤外頭套上田徑社的運動服後，便朝著校舍跑過去。

剛才去幫忙園藝社，結果花的時間比她想像的還久。

田徑社那邊現在應該已經開完會了吧。

田徑社今天的活動，是召集高一新社員舉辦社團說明會，所以雛便趁機跑去園藝社幫忙。

「我明明都跟社長保證練習絕不會遲到了～！」

在雛跑向操場時，男子足球社剛好在進行傳球的練習。

櫻丘高中的足球社以實力堅強聞名，因此社員也很多。

在眾多社員之中，能夠一眼就發現虎太朗，或許是因為雛已經看慣他的身影了吧。

眺望這群人認真練習的模樣片刻後，雛猛然想起「現在不是做這種事的時候！」轉而在操場上尋找田徑社的其他人。

「啊啊～～！果然已經開始了！」

田徑社的社員們，此時已經在操場一角開始練習跳遠和跨欄。

感覺人數比以往來得多，是因為尚未決定正式入社的高一新生也來見習的緣故吧。

「不好意思，我來晚了！」

雛朝雙手抱胸看著大家練習的社長高橋學姊跑過去。

高三生的她，是個將長髮紮在後腦杓、身型苗條又高挑的美女。

「噢，瀨戶口，妳覺得那女孩怎麼樣？」

雛順著高橋學姊的眼神望向短跑跑道。

聚集在那裡的社員，正在測量百米跑的紀錄。

一名少女遵照高二社員的指示，在起跑點就定位，擺出蹲踞式起跑的動作。

她將頭微微往下，吐出一口氣之後，抬起雙眼直盯前方的終點線。

開始的哨聲響起的瞬間，她往前衝了出去。

（啊，那個女孩子是……）

她是在校舍裡頭迷路，向雛詢問高一教室在哪裡的那個鮑伯頭少女。

在問路的當下，少女顯得相當手足無措，但現在，她的一張臉露出嚴謹的表情。

她跑步的動作十分優美，讓人情不自禁地盯著看。可以說是跑者理想的模樣。

一口氣衝向終點後，她將腳步放慢，轉過身停下來。

在高二社員宣布她的紀錄後，周遭響起一陣歡呼聲。

「喔，跟妳的紀錄相同耶，瀨戶口。雖然她說自己比較擅長長跑，但短跑也能祭出這樣的成績，看來值得期待呢。她會成為妳的勁敵喔！」

這麼說的高橋學姊，露出看似很開心的笑容，伸手拍了雛的背一下。

勁敵——

（不對……那個女孩子還保留了餘力。）

儘管如此，她的成績卻跟雛使出全力締造的個人最佳紀錄相同。

如果那個女孩子認真起來，應該能祭出更亮眼的數字。

「高橋學姊，那個女孩子是……」

「涼海日和。聽說她就讀國中時，在相關比賽中都留下了很不錯的成績喔。社團教練就是相中她這一點，才把她拉進來的。她目前好像是自己一個人住，沒跟家人住在一起。」

「……自己一個人住？」

「瀨戶口，她將來會變成妳的學妹喔，要好好照顧人家。因為她可是受到社團期待的新人呢！」

笑著這麼說之後，高橋學姊便朝其他人走去。

（我的學妹……）

雛默默凝視著正在擦汗的涼海日和。

這時，日和恰巧也望向雛所在的方向，兩人於是對上視線。

日和先是露出「啊！」的表情，而後便拿著毛巾小跑步靠近雛。

「妳是之前那位學姊！」

雙頰微微泛紅的日和開心地這麼說。

「那時真的非常感謝妳！」

「啊，嗯……妳最後有順利找到教室嗎？」

「有！」

日和睜著閃閃發亮的雙眼，十分有活力地回應。

「這樣啊，太好了。」

雛也以微笑回應她。

「高一生集合！」

聽到高橋學姊這麼吶喊，日和朝雛一鞠躬，然後慌慌張張地離開。

「妳才是咧。可別因為很厲害的新生加入社團，然後突破妳的紀錄，就哭哭啼啼的喔！」

望著她離去的背影時，虎太朗這句話突然在腦中浮現，讓雛心驚了一下。

對田徑社來說，備受期待的新人加入社團，毋庸置疑是一件好事。

（都是因為虎太朗說了那種話……）

「……來跑一下吧！」

雛離開操場，朝學校大門跑了過去。

★ ☆ ★ ✧ ★ ☆ ✦

四月即將結束時，新生的見習期也告一段落，為了替夏天的大賽做準備，社團開始進行正式的練習。

練習和會議結束後，社員們返回社團教室，準備收拾東西回家。

就在大家一邊換上制服，一邊開心說笑的時候——

「雛～！我們等等要繞去吃可麗餅，妳要一起來嗎？」

和雛同學年的社員轉過身來問道。

「今天先不要好了。我午餐吃太多了。」

雛關上自己的置物櫃，擠出搪塞的笑容這麼婉拒。

剛才練習時沒能留下讓自己滿意的紀錄，導致她現在心情仍有些低落。

這陣子以來，她一直都是這樣——

感覺她跑得甚至比以前還要慢。明明已經增加練習量了啊。

「真沒辦法～好吧！那麼，想去的高一新生舉手！」

聽到這名高二社員的發言，剛加入社團的新生們紛紛「我！」地開心舉起手。

「咦～？妳都不約高三的學姊嗎～？」

高橋學姊以帶著幾分怨恨的嗓音開口後，大家笑成一團，社團教室的氣氛也跟著活潑起來。

「那麼，雛，明天見嘍！」

雛回以「嗯，拜拜」，然後揮揮手看著社員們有說有笑地離開。

等到聽不見大家的聲音後，雛吐出一口氣，抬頭仰望天花板上的日光燈。

「狀況很不好呢……」

她的輕喃聲在靜謐的社團教室裡傳開。

外頭下著雨，天色顯得昏暗。敲打著屋頂的雨聲籠罩了室內。

「那個……學姊！」

突然聽到有人這麼呼喚，雛「咦！」地轉過頭。

原本以為社員們都走光了，但卻還有一個人站在門邊。

她以雙手緊握著書包提把，帶著一臉緊張的表情站在原地。

「涼海學妹，妳沒跟大家一起去吃可麗餅嗎……」

「人家……不對，我是因為……雞……雞蛋！」

「……雞蛋？」

「因為今天是雞蛋打折的日子！所以……我想早點回去……」

這麼回答後，日和不知為何有些沮喪地垂下頭。

之後，兩人就找不到其他聊天的話題。

在教室裡擴散開來的沉默，讓人有些尷尬——

「呃……呃…………對了，趕快把教室鎖一鎖，然後回去吧！」

雛拎起書包，朝社團大門走去。

走出教室，再將大門鎖上後，她望向在走廊上等待的日和。

「我把鑰匙拿去教職員辦公室還嘍。」

「那人家也一起！」

日和帶著燦爛的表情抬起頭來。

下一刻，她又難為情地改口表示：「我也一起……」

「不，今天沒關係啦。不然……妳會趕不上雞蛋的特價時間喲。」

「啊……」日和露出帶著幾分遺憾的表情。

「那麼，涼海學妹，妳回家路上自己小心喔。」

雛盡可能以開朗的語氣這麼說，接著便穿越外頭的走道，走下階梯。

雨水落在水窪上，形成一圈圈的漣漪。

（她是個好孩子呢……）

雛從書包裡拿出折傘，撐開後邁出步伐。

她悄悄轉頭，發現日和佇立在社團教室大樓的階梯下方，眺望著外頭的雨。

那樣的身影看起來帶著幾分落寞，讓雛不禁停下腳步。

她一度想折返回去，但因為想不到能和日和說些什麼，最後仍選擇朝校舍的方向邁開步伐。

「……所以，跟那個叫做涼海的學妹相處，會讓妳覺得尷尬？」

回家路上，跟雛各自撐著傘並肩前進的虎太朗，露出有些意外的表情這麼問。

剛才走到學校大門時，雛和剛結束足球社的練習活動、正準備返家的虎太朗不期而遇。

或許是因為兩人都一直練習到最後放學時間的緣故吧。

再加上又是鄰居，所以自然而然就一起走回家。

太陽已經完全下山了，灰濛濛的烏雲覆蓋著整片天空。

雖然不到傾盆大雨的程度，但這場雨仍把地面打得濕漉漉的，留下一堆水窪。

幸好不是在練習時下起來。

「也不是這樣啦……」

雛以欲言又止的語氣垂下頭。

「因為妳不怎麼和她交談吧？妳不擅長跟她相處嗎？」

「都說沒有這回事了嘛。」

雛仰望虎太朗，有些不悅地這麼回應。

日和是個好孩子。看就知道了。

她總是努力又認真地練習，無論是社團活動前的準備或結束後的收拾，她都會搶著第一個做。

在社團活動結束後，雛也好幾次目睹她繞著學校外圍自主練跑的身影。

日和是真心想練田徑，才會為了來櫻丘高中念書，而不惜離開父母身邊，獨自在外地生活。這樣的話，她不可能不認真練習。

看著她努力練習的模樣，雛內心的焦躁感和壓力也跟著膨脹。

除了長跑和短跑以外，日和甚至連撐竿跳和跨欄的表現都很優異。

她或許擅長田徑賽所有的項目吧。光是在一旁看，就能明白她擁有優秀的運動細胞。

高橋學姊和社團顧問似乎都相當看好她。

雛也是從國中開始，就十分努力地練田徑。

她短跑的成績不會輸給社團裡的任何人。至今，她也對此充滿自信。

為此，雛比其他人更加努力練習。所以，她心中其實有著「不想輸給日和」的想法。

也因為這樣，跟日和兩人獨處時，總讓她覺得有些尷尬。

（我……真是不從容耶……）

雛輕輕嘆了口氣。

日和或許也覺得有些尷尬吧，這陣子以來，她變得不太向雛搭話了。

不過，她有時會以欲言又止的眼神凝視著雛。

儘管很在意，但雛也無法主動問她一句：「怎麼了？」

「妳是學姊，對吧？」

「我知道啦。」

雛不悅地回應，啪喳一聲踏進地上的水窪裡。

「有勁敵出現不是一件好事嗎？」

「別說得那麼簡單啦。」

聽到雛這麼說，眉心擠出皺紋的虎太朗表示：「真搞不懂妳耶～」

換做是虎太朗的話，即使有個足以成為勁敵的人物加入社團，讓自己的地位受到威脅，他想必也不會把時間花在沮喪或失落，只會比以前更加賣力地練習吧。

下定決心要做某件事之後，就會頑固地堅持到最後，不會有任何迷惘。

虎太朗的個性，就是如此率直得讓人討厭——

「我覺得這樣很不像妳耶。」

看到虎太朗一臉認真地這麼說，雛停下腳步。

「你……又了解我什麼了？」

自己道出這句話的嗓音，聽起來沒出息到了極點。

「田徑社跟那個涼海學妹的事，我是不太清楚啦，不過……」

雛有些猶豫地抬起視線，發現虎太朗正筆直望向自己。

「關於妳的事，我可是很清楚。」

他不帶半點迷惘的語氣，讓雛一時語塞。

不知為何，一股焦躁感湧上心頭，讓雛別過臉去。

「你根本就不了解我……別以為是青梅竹馬，就能理解對方的一切！」

雛忍不住以強硬的語氣開口。

「我知道妳每天都很努力練習，早上也都會為了鍛鍊而去跑步，所以才這麼說。」

無法對虎太朗這番發言回嘴，雛露出五官皺在一起的泫然欲泣表情。

足球社和田徑社都會利用學校操場進行練習。

再加上兩人是鄰居，所以虎太朗也知道雛早上和傍晚都會外出慢跑一事。

一如雛每天看著虎太朗在足球社勤奮練習的身影那樣。

「妳為什麼對自己這麼沒自信啊？因為就算努力，也不見得能贏過對方？但就算這樣，妳過去的努力也不是白費功夫啊。」

「這種事情我也知道啦。」

「被對方追過去的話，再努力追回來就好啦。妳不就是為了這樣才努力的嗎？天底下比自己厲害的人多得是吧。」

「別說了！」

雛以雙手掩耳，表示不願再聽下去。

雨傘從她鬆開的掌心滑落，掉到地面上。

「我就是要說！」

虎太朗抓住雛的手腕，將她的掌心從耳朵上拉開。

睜開緊閉的雙眼時，雛發現虎太朗的臉意外靠近，不禁暗自慌張起來。

「別只是往後看。這樣真的一點都不像妳。」

看到虎太朗一臉認真地這麼說，原本打算開口呼喚他的名字的雛，硬生生吞了回去。

（不像我……是嗎……）

雛慢慢將視線往下，凝視著被雨水打濕的地面。

「啊！……抱……抱……抱歉！」

虎太朗以慌張的嗓音這麼開口，隨即放開雛的手。

原本被他緊握住的手腕，在晚風吹撫之下，似乎變得冰冷起來。

虎太朗的手因為不知道該往哪裡擺才好，最後只能尷尬地插進口袋。

看著虎太朗滿臉通紅的模樣，雛忍不住噗哧一聲笑出來。

「你慌個什麼勁呀？」

雛撿起傘，以調侃的語氣這麼問道。

（我們明明是青梅竹馬啊……真是怪人。）

「我才沒有慌咧！總之……」

虎太朗維持著望向地面的姿勢，輕聲說了一句：「加油嘍……」

「嗯……」

雛點點頭。

不知不覺中，原本哽在胸口的那個東西消失了，她的嘴角也不自覺地上揚。

「不過，妳果然……還是會哭哭啼啼的嘛。」

虎太朗將雨傘歪向一邊，對雛露出一個壞心眼的笑容。

「我才沒有哭哭啼啼呢！我只是……稍微煩惱了一下而已～！」

雛鼓起腮幫子這麼回應，然後別過臉去。

「哦～？」

「我再～也不會找你商量事情了！」

這麼宣言後，雛便快步往前走。

虎太朗捧腹大笑的聲音，讓她簡直不爽到極點。

五月的第一個星期六。

因為突如其來的一場雨，社團的練習活動被迫中止，雛也在換下運動服後走出社團教室。

現在，校舍時鐘的指針指向五點的時刻。

朝學校大門前進的學生，以雨傘承接不斷落下的雨點。

（對了，我把運動服忘在社團教室裡了！）

猛然回想起這件事的雛停下腳步。

明天社團活動休息一天。

她不能把弄濕的運動服就這樣塞在置物櫃裡一整天。

（真是的～我到底在幹什麼啊～……）

雛一邊為自己的粗心大意感到無言，一邊奔跑著返回社團教室。

準備回家的學生們，陸陸續續從位於校舍後方的社團教室大樓走出來。

雛跟這些人擦肩而過，從生鏽的室外階梯往上走。

（社團教室會不會已經鎖上了呢……）

其他社員大概都已經換好衣服離開了吧。

希望還有人留在教室裡就好……如果沒人的話，也只能去一趟教職員辦公室借鑰匙了。

雛這麼想著，伸手扭開女子田徑社社團大門的門把，然後發現沒有上鎖。

（咦？門沒鎖。）

雛打開大門走向裡頭。

看見一個女孩子獨自留在昏暗的社團教室裡，讓她嚇到差點驚叫出聲。

一個人佇立在教室裡，身上還不斷滴著水的那個女孩——是日和。

濕答答的頭髮貼在她的臉頰和額頭上，讓雛一瞬間沒能認出來。

「涼海學妹！妳怎麼全身濕成這樣……」

雛關上社團大門，一臉傻眼地這麼問。

「啊！哇！瀨戶口學姊……！」

日和連忙用手上的運動服抹臉。

但那件運動服同樣也吸滿了水，所以看起來沒什麼用。

「剛剛在學校外圍跑步的時候，突然下起雨來……」

（這麼說來，剛才在操場上練習時，沒看到她人呢……）

大家在換衣服的時候，就沒看到日和的身影。

她或許不知道社團活動提前結束了吧。

高橋學姊等人剛才也一片手忙腳亂，似乎因此完全忘了日和還在練習。

雛也一樣。照理說，她應該早點發現這件事，然後去找仍在外頭練跑的日和才對。

（唉～真是的……我沒資格當學姊呢～……）

「妳這樣子會感冒喲。身體會失溫的。」

「是……是！」

日和以緊繃的嗓音回應。但下一刻，她隨即露出困擾的表情。

「難不成……妳忘記帶毛巾來了？」

「好像忘在家裡了……啊！不……不過，不要緊！」

現在的日和，看起來簡直像是整個人被丟進洗衣機裡泡過水。

雛從自己的運動包裡取出備用的毛巾，朝日和走近。

「來，妳在這邊坐著。」

雖然表情有些困惑，日和仍乖乖在折疊椅上坐下。

雛站在她的前方，以毛巾替她擦拭濕透的頭髮。

「那個……瀨戶口學姊。」

低垂著頭的日和，以有些遲疑的嗓音輕聲開口。

「……非常謝謝妳。」

聽到她這麼說，雛的手停下動作。

「瀨戶口學姊果然很厲害呢……」

或許是因為懷抱著些許內疚吧，這句話總讓雛覺得不太自在。

「沒這回事啦……」

雛以沉重的嗓音這麼回應，日和卻帶著燦爛的表情抬起頭來。

「學姊跑步的姿勢非常優美……而且個性溫柔又開朗，是大家崇拜的對象呢！」

說著，日和將雙手握拳擱在腿上，用力擠出「人……人家很崇拜妳！」這句話。

「崇拜我……？」

聽到雛吃驚地這麼詢問，雙頰泛紅的日和不停點頭。

她的眼神看起來極其認真。

（涼海學妹是這麼看待我的嗎……）

反觀雛自己，卻因為害怕被日和超越，焦慮得沒能好好表現出身為學姊該有的樣子。

她說她很崇拜我——

這讓雛很開心，臉頰也像日和那樣開始發燙。

「謝謝……妳……」

看到雛拘謹地朝自己低頭致謝，日和慌慌張張地表示「人家才應該說謝謝！」，並同樣低頭致意。

視線交會的瞬間，兩人同時笑了出來。

社團教室裡原本尷尬的氣氛，感覺一下子緩和了不少。

（什麼啊，原來是這樣……）

開口交談過後，雛才發現內心的疙瘩原來可以如此輕易地化解。

她原本一直一個人悶悶不樂的。

雛將一張折疊椅拉到日和身旁，然後一屁股坐下。

「厲害的人是妳才對呢，涼海學妹。」

雛放鬆雙肩的力量，「呼～」地吐出一口氣。

「人家一點都不厲害啦……！」

日和扯下頭上的毛巾，難為情地遮住自己的臉。

「很厲害呀。一個人住、一個人來這裡念書，還能這麼努力地練社團。」

為了自己的夢想和目標，離開熟悉的城市和老家，來到一個初次造訪的地方生活。

光是這樣，就是多麼辛苦的一件事呢——

（而我……）

無論何時，雛的身旁總是有人陪伴。這些人總是會為她伸出援手。父母、哥哥、虎太朗和夏樹都在她身邊。

不知不覺中，這彷彿成了理所當然。

當初，雛之所以選擇櫻丘高中，並不是因為有什麼目標。

而是因為綾瀨戀雪在這裡念書。

渴望待在戀雪身邊的她，滿腦子就只有這件事，像是追著戀雪跑似的報考了櫻丘高中。

櫻丘高中的田徑社，以熱心指導學生的教練聞名。

社團本身在相關競賽中的表現也很亮眼。想繼續練田徑的話，這可說是個相當理想的環境。

再加上哥哥和夏樹也念這間學校，所以雛的父母並沒有反對。而且，雛本人並不會對升學一事感到不安，也沒有其他想念的學校。

所以，就結果而言，雛的選擇並沒有錯，她也不曾為此後悔。

不過，倘若被問到她是不是像日和那樣為了自己、懷抱著強大的決心而做出這個選擇，她恐怕答不出來。

「可是，人家老是失敗……」

日和難為情地低聲這麼說。

「……一個人住應該很辛苦吧？」

「這個……但決定報考這間學校的時候，就跟人約好絕不會再說喪氣話了。」

日和抬起頭，微笑這麼回答。

「這樣啊……」

（涼海學妹是個很堅強的孩子呢……）

在夏季大賽的預賽即將到來的六月的星期六——

田徑社正在針對各個競賽項目測量紀錄。

站上起跑線的雛，輕輕晃動雙手雙腳熱身後，擺出起跑的姿勢。

重重吐出一口氣之後，她抬起下巴，直視終點。

緊張的心跳聲在整個身體裡流竄。

清脆的鳴槍聲響起的同時，雛以腳蹬地衝了出去。

一如她所想的起跑。雙腳和身體感覺比平常更要來得輕盈。

一口氣衝向終點線後，以碼錶測量時間的高二社員唸出雛的紀錄。

「喔喔！瀨戶口，妳破了自己的最佳紀錄耶～！」

高橋學姊走過來，露出滿面笑容輕拍雛的肩膀。

原本一直無法突破的、去年夏天創下的紀錄——

雛自己也吃了一驚，只能以「是……是的」回應。

她以手拭去從下巴滴落的汗水，然後轉頭，發現日和將雙手交握在一起，以閃閃發光的雙眼望著她。

看到她如此開心的表情，雛回以有些害臊的笑容。

這幾天，她陪著日和一起練習、重新審視自己的跑法，又調整了練習的內容，大概是這些努力帶來的成果吧。

（……或許真的像虎太朗說的那樣呢。）

她望向正在練習的足球社。比賽中的虎太朗滿身大汗地在操場上奔馳。

看著這樣的他，雛微微瞇起雙眼。

虎太朗的夏季大賽預賽也逐漸逼近了——

我會爭取到上場資格，
希望妳來看比賽。
反正都約好了嘛。
練習賽
山本幸大
11月7日生　天蠍座
A型　高二
性格沉默寡言，
但有仔細關注周遭。

hero 2 ～英雄2～

柴崎健

4月1日生　牡羊座

O型　高二

基本上很輕浮，

但對亞里紗死心塌地。

跟弟弟愛藏關係很差。

高見澤亞里紗

2月3日生　水瓶座

B型　高二

跟虎太朗等人是

從國中就認識的朋友。

支持著虎太朗的戀情。

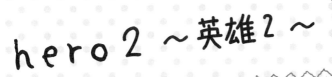

hero 2 ~英雄 2~

早晨，從窗簾縫隙透進來的陽光，讓雛醒了過來。時間還不到六點。換做是平常，這應該是她還在睡的時間。

原本打算再睡個回籠覺，但睡意已經完全消散。雛無可奈何地爬下床。為了讓悶熱的房間換氣，她拉開窗簾，房間一瞬間變得明亮。

她不自覺地望向隔壁的榎本家，發現虎太朗剛好結束慢跑回來。身穿T恤和運動褲的他，以披在脖子上的毛巾拭去汗水，吐出長長的一口氣。

（虎太朗去晨跑了啊。）

在放學過後，他也會外出跑步到晚餐時間再返家。或許是因為大賽的分區預賽快要開打了吧。

「……真是努力呢～」

雛以溫柔的表情這麼輕喃時，虎太朗突然抬頭望向雛的房間。

四目相接的瞬間，雛反射性地拉上窗簾。

（為……為什麼我得躲起來呀！）

雛輕輕吸了一口氣，再緩緩吐氣。

「我……我也去跑步吧！」

像是強迫自己轉換心情似的，雛一個人在房裡大聲這麼自言自語，然後匆匆開始準備。

☆

這天的午休時間，雛捧著便當袋偷偷摸摸離開教室。

走廊上的學生們大聲嬉鬧著。

廣播社的校內廣播從擴音器播放出來。

「喂，雛。」

這道呼喚聲讓雛心驚了一下。她轉頭，發現虎太朗正好從教室走出來。

她不自覺地退了幾步，然後開口詢問：「怎……怎樣？」

「妳今天早上幹嘛跟我錯開時間啊？因為遲遲沒看到妳從家裡出來，我問了伯母，才知道妳今天提早出門了……」

「呃～因為……我想一邊晨跑一邊去學校嘛！所以就比平常更早出門了……大概吧？」

面對虎太朗死盯著自己的雙眼，雛的視線不自然地在半空中游移。

「晨跑？」

「我可不是在模仿你喔！是因為我們大賽的預賽也快開始了！」

回想起早上不經意和虎太朗對上視線一事，雛慌慌張張地這麼主張。

下一刻，感覺似乎更是在自掘墳墓的她，雙頰的溫度瞬間飆高。

（我為什麼要這樣辯解啊～～！）

「什麼啊……妳也想去晨跑的話，我早上就約妳一起去了。」

「不用了啦！我想一個人跑啊……」

「為什麼？既然都要練跑，兩個人一起不是比較好嗎？」

虎太朗不解地歪過頭。

「一個人比較好！」

「為什麼啊？」

「不為什麼！」

雛以強硬的語氣這麼說，然後別過臉去。

「虎太朗，你中午……」

來到走廊上的健，瞥見虎太朗的身影後這麼開口。

「妳是怎樣啦！」

看到虎太朗一臉不悅地反問，舉起一隻手的健瞬間在原地定格。

之後，他輪流望向雛和虎太朗，然後露出壞心眼的笑容。

「啊～抱歉、抱歉。原來你們倆在忙啊～繼續吧，別在意我。」

「吵死了。是說，我們哪有在忙什麼啊！」

「虎太朗，身為摯友，我姑且給你個忠告好了。這種事情，還是在沒人看得到的地方做比較好喔。」

說著，健伸出手輕拍虎太朗的肩頭。

「你、到、底！在說什麼啦！」

「咦？就是小倆口拌嘴啊。」

「哪可能是這樣啦！」

「啊～？不然你們是在吵什麼？要分手嗎？這樣的話，就更應該去沒人的地方吧？在這種地方真的不太好啦……」

「唉～夠了，你走開啦！」

虎太朗苦著一張臉將雙手伸向健的背部，把他推開。

「啊~好好好，你們倆慢聊~啊！亞里紗~！」

瞥見正打算前往福利社的亞里紗的身影，健一臉開心地追了上去。

虎太朗目送著他的背影離去，不禁嘆了一口氣。

「那傢伙真的是~……！」

他繃著一張臉搔了搔頭。

（趁現在~~……）

雛混進來來往往的學生裡頭，趁機開始移動。

「啊，雛！」

聽到發現這一點的虎太朗出聲呼喚時，她急忙快步走下階梯。

放學後，待田徑社的練習活動結束，雛收拾書包朝學校大門走去。

從操場旁邊經過時，虎太朗的吶喊傳入她的耳中。

他們似乎仍在踢練習賽。

被夕陽餘暉籠罩的操場上，足球社的男孩子們拚命追逐著滾動的足球。

虎太朗伸出手比劃，看起來是在對高一社員下達指示。

雛佇立在遠處，就這樣眺望著他的身影片刻。

（當初，虎太朗是受到哥哥的影響，才開始踢足球來著……）

還在念小學的時候，雛的哥哥優曾經加入足球社。

雛還記得，到了星期天，她會和夏樹、虎太朗一起去看哥哥比賽，在現場為他聲援。

在虎太朗開始踢足球時，優便退出社團了。但升上國中後，虎太朗仍選擇加入足球社，之後也一直沒有放棄足球。

一旦決定要做某件事，他就不會半途而廢。園藝社也是如此。

現在，他仍會擠出時間去參加園藝社的活動。在足球社的練習沒這麼緊湊的期間，他會在午休時間過去幫忙。

他明明只是陪著雛加入園藝社而已啊。

一開始，虎太朗還經常嘀咕「我一點都不適合～」，現在卻比任何一名社員都要來得熱心。

雛之所以能夠繼續在園藝社和田徑社努力，是因為她一路看著這樣的虎太朗走來。

既然虎太朗沒有半點埋怨，她可不允許自己先行下場。

不想輸給虎太朗——或許，她其實懷抱著這樣的競爭意識吧。

儘管如此——虎太朗奮鬥的模樣，確實成了推著她往前走的力量。

「瀨戶口學姊～！」

聽到這樣的呼喚聲而轉頭，雛看見拎著書包的日和直直朝她衝過來。

而且還在半路上踉蹌了一下，險些因此跌倒。

站在操場上的時候，日和看起來總是很可靠，運動細胞也優異得令人吃驚。但不知為何，平時私底下的她卻有些冒冒失失的。

或許是因為那雙上學用的樂福鞋尺寸過大了一點吧。

看來，要是腳上穿的不是慢跑鞋，她似乎就會變得比較鬆散。

「涼海學妹，妳要回去了嗎？」

「是的！瀨戶口學姊，妳在等人嗎？」

日和轉頭望向雛剛才眺望的操場方向。

「啊啊！沒有！我沒有在等人！」

雛像是要隔絕日和的視線那樣，焦急地伸出手揮舞。

「啊，對了，瀨戶口學姊！那個……如果妳今天沒有什麼特別要忙的事……」

「咦？要忙的事？是沒有啦……」

「那麼，可不可以跟人家………！」

日和雙手握拳，表情也變得極其認真。

不知道她接下來打算說什麼，雛不禁跟著緊張起來。

「一起……去吃可………！」

日和正要開口時，操場那頭突然傳來「哇！」的驚呼聲。

「危險！」

聽到足球社社員的吶喊，雛和日和「咦？」地轉過頭。

下個瞬間，映入眼簾的是高速旋轉著朝這裡飛過來的足球。

雛反射性地將日和拉近，把自己的身體擋在她的前方。

——會被砸到。

浮現這種想法的下一刻，一個「啪！」的清脆聲響傳來。

雛的身體沒有被球砸到的感覺，也沒有任何地方會痛。

照理說，從那顆足球飛過來的軌道看來，她應該會被砸中才對。

（……咦……？）

雛戰戰兢兢地睜開雙眼，發現一個男孩子單手接下了那顆足球。

「真是……踢得有夠爛……」

這麼輕喃後，那個男孩子將足球擱在地上輕輕一踢。

足球在半空中描繪出一道優美的弧線，朝趕來的足球社社員飛了過去。

從校舍出入口走出來的女學生們，在看到這個男孩子的瞬間騷動起來。

雛可以明白這些女學生欣喜尖叫的理由。

這個男孩子長得十分帥氣，稍長的髮絲在後腦杓綁成馬尾，也相當適合。

從一身看起來還很新的制服，大概可以判斷出這個男孩子是高一新生。

（這個人……咦，奇怪？）

這名高一男學生皺著眉頭，將手插進口袋裡。

接著連看都不看雛跟日和一眼，便逕自離去。

「謝……謝謝你，柴崎同學！」

這時才猛然回神的日和連忙開口大喊。

然而，對方並沒有因此回頭。

（柴崎……同學？）

雛眺望著男孩離去的背影，然後微微歪過頭。

「喂，回去嘍～！」
被日和喚作「柴崎同學」的男孩子，朝站在學校大門附近的另一個男孩子這麼說。
後者的身邊也聚集了一堆吵鬧尖叫的女孩子。
不只是櫻丘高中的女學生，甚至連其他學校的女孩子都有。
兩人步出大門後，坐上一輛停在外頭的轎車。轎車隨即駛離了現場。
日和就這樣愣愣地朝學校大門眺望了片刻。
「……涼海學妹，妳認識那個男孩子嗎？」
「啊！……呃……他跟人家同班……」
日和望向雛，露出有些不自在的笑容。
之後，她像是想起什麼似的「啊！」了一聲。
「對了。那個，瀨戶口學姊！可不可以跟人家……一起去吃可麗餅呢！」

像是鼓足了勇氣這麼開口的日和，一張臉變得紅通通的。

「……呃？」

（可麗餅……？）

「之前，人家跟瀨戶口學姊都沒能跟社團的大家一起去吃可麗餅，所以……」

「難道……妳想跟我說的就是這件事？」

聽到雛這麼問，日和羞怯地點點頭。

雛先是圓瞪雙眼，接著忍不住抽動雙肩笑出聲來。

她還以為日和要說的是多麼嚴肅的事——

輕輕吸了一口氣之後，雛開朗回應：「好啊！」

「我知道一間很好吃的店……我們吃了再回家吧。」

「好的！」

日和露出相當開心的表情，用力點了點頭。

隔天早上，雛在一聲「我出門嘍～！」之後踏出家門，發現虎太朗站在自己家的玄關外頭。

看起來比平常更坐立不安的模樣，或許是因為他在等雛吧。

雛悄悄吐出一口氣，然後踏出腳步。

「虎太朗，你在幹嘛？」

這麼朝他搭話後，虎太朗的雙肩猛地一震。

「我沒在幹嘛啊……」

帶著一臉若無其事的表情走到雛身邊後，虎太朗的臉依舊望著旁邊。

看起來明明有話想說，卻又遲遲不說出口。

兩人就這樣各自望著不同的地方，在早晨的街道上前進。

「那個啊……昨天，抱歉喔……」

片刻後，虎太朗以比平常更小的音量，有些不自在地開口向雛賠罪。

「你說足球的事？但那也不是你踢過來的啊。」

昨天，不小心把足球往雛和日和所在的方向踢過來的足球社社員，之後隨即跑來向兩人道歉。

「而且，我們也沒被球砸到……有個男生幫我們擋下球了。」

「噢，那傢伙……好像是高一生嘛。」

不知為何，虎太朗的表情看起來有點苦澀。

「對了……柴崎同學有弟弟嗎？」

「妳說柴健？這個嘛～……有嗎？」

「你們不是從國中開始就是朋友了嗎？你不知道喔？」

「是沒錯啦……但那傢伙幾乎不會講自己家裡的事嘛。」

望向前方的虎太朗皺起眉頭。

之後，他轉過來詢問雛：「不過，妳問這個幹嘛啊？」

「因為涼海學妹叫那個人『柴崎同學』。」

「哦～……這樣的話，應該就是了吧。」

「你不會覺得在意嗎？」

「不會啊。既然那傢伙沒講，就代表他並不想說吧。」

虎太朗隨即將臉轉回正面。

在六月即將結束的現在，連早晨的氣溫都變得悶熱。

（是這樣……嗎……）

「雛，妳說的那個學妹，就是當時跟妳在一起的女孩子吧？」

「你說涼海學妹？對啊，我昨天跟她一起去吃可麗餅。很好吃呢～」

回想起兩人昨天一起吃可麗餅的事，雛不禁露出傻笑。

之後，她又跟日和一起去買東西，還去了電玩中心，共度了一段十分開心的時光。

「……太好了呢。」

虎太朗的嗓音聽起來變得有些柔和。

「咦？」雛抬頭仰望他的側臉。

「妳原本一直很煩惱吧。現在……看起來好像解決了嘛。」

「噢……嗯，算是吧。之後的大賽預賽可得加油才行了。」

「那個啊……雛……」

身旁的虎太朗突然輕咳幾聲。

「這個星期六妳有空嗎……？」

「星期六？是有空啦……怎麼了？」

「我……有一場比賽……」

虎太朗支支吾吾地開口。

（我知道啊……）

「你說比賽，但你確定能上場踢球嗎～～？」

雛露出調侃的笑容。

「我當然能上場啦！」

「先發球員的名單不是還沒決定嗎～？」

「我絕對會上場！」

虎太朗緊握拳頭，像是宣言般回答。

「我會爭取到上場資格，希望妳來看比賽。」

虎太朗將視線移向一旁，輕聲這麼開口。

「反正都約好了嘛。」

聽到雛的回應，他的表情像是鬆了一口氣似的變得柔和。

「絕對要來喔！」

虎太朗這麼說的開心笑容，讓雛一瞬間怦然心動。

這張臉——從小時候開始就沒什麼改變。

「雛～我絕對會射門給妳看！」

「嗯，加油喔。雛會很努力、很努力地幫你加油！」

那是兩人還在念小學的時候，在足球社比賽當天早上發生的事。

第一次爭取到上場機會的虎太朗，對著送他到玄關的雛比出勝利手勢。

（他從那時開始……就一直很努力嘛。）

雛停下腳步，默默凝視往前走的虎太朗的背影。

「虎太朗。」

這麼開口呼喚後，虎太朗轉過頭來。

「幹嘛？」

「我會去看比賽……所以你要加油喔。」

語畢，雛把書包繞到背後，踏出腳步。

兩人並肩走後，虎太朗「喔！」的一聲對她露齒燦笑。

星期六的最後一堂課是古典文學。

課程結束後，擔任值日生的雛收集了全班同學的筆記，然後走向教職員辦公室。

「報告。」

打開辦公室大門後，雛看見明智老師坐在辦公桌前，正在跟一名男學生說話。

從室內拖鞋上頭的線條顏色看來，對方應該是高一生。或許是明智老師負責班級的學生吧。

「染谷，我說你啊……」

「我先離開了。」

男學生硬生生打斷明智老師的話，以果斷的態度轉身。

從自己身旁走過時，雛朝這名男學生的側臉瞄了一眼。他有著十分秀氣的面容。

（咦，這個男孩子……）

雛想起他曾經在學校大門附近被女孩子包圍一事。

這名男學生最近是校園中的風雲人物。他隸屬於某間藝人事務所，以偶像的身分在業界活躍。雛的摯友華子曾興奮地表示自己是他的死忠粉絲，亞里紗平常會買的雜誌裡頭，也經常能看到相關的採訪報導和照片。

散發著生人勿近氣質的這名男孩子，就這樣步出教職員辦公室。

「啊～……真是……」

明智老師這麼咕噥，以手揚起自己的瀏海。

總是一派悠哉的老師，現在罕見地露出有些困擾的表情。

「發生什麼事了嗎？」

雛將筆記本交給明智老師，同時開口問道。

「嗯？噢，瀨戶口啊……辛苦妳啦。要吃糖果嗎？」

明智老師順手從白袍口袋裡掏出一隻棒棒糖。

雖然是教授古典文學的老師，但不知為何，明智老師總是穿著白袍，而這身白袍打扮

LIP × LIP

也成了他的招牌。

老師動輒會給學生糖果的行為，已經眾所皆知。最近，鎖定老師白袍口袋裡的獎勵品而前來的學生，可說是絡繹不絕。

雛並不討厭這樣的老師。

儘管看起來缺乏幹勁，但明智老師其實相當為學生著想。

更何況，在哥哥優就讀高中的三年期間，明智老師也是對他照顧有加的師長。這點加深了雛的信賴感。

「那我就收下了。」

雛心懷感激地接下老師遞過來的棒棒糖。

「足球社今天是不是有比賽來著？榎本會上場嗎？」

雛不經意地望向窗邊，以「好像會呢」回應。

昨天，虎太朗意氣風發地向她報告了自己被選為比賽先發球員一事。

被選為先發球員的高二生，似乎只有虎太朗和另一名社員。

「哦～不過，如果妳會去加油的話，應該就沒問題了吧。」

說著，明智老師將椅子轉回去面對辦公桌。

「咦！為什麼跟我有關係？」

「光是妳在現場看他比賽，他就能加油嘍。」

忙著翻閱筆記本的明智老師，嘴角似乎微微上揚。

「是這樣嗎……？」

雛歪過頭喃喃自語。

「山本也會去看比賽吧？有遇到他的話，拜託妳幫我交代他拍幾張校內報紙用的照片喔。另外……看到柴崎的話，叫他來教職員辦公室一趟～」

「柴崎同學？」

「對～柴崎兄弟的哥哥。」

明智老師微微板起臉孔。

待明智老師把要事交代完畢後，雛低下頭以「那我先離開了」打過招呼，便走出教職員辦公室。

「唉～……明智老師要我傳的話也太多了吧。自己去說不就好了。」

一邊自言自語，一邊在走廊上前進時，雛剛好瞥見健走向校舍出入口的身影。走在他前方的另一個人是亞里紗。

「不然明天怎麼樣？」

面對健的提問，亞里紗以「不行，我很忙」冷冷地回應。

「咦～那妳不忙的日子是哪一天？」

「那樣的一天從來不存在！」

說著，亞里紗快步穿越走廊，健則是從後頭匆忙追上去。

這兩個人一起出現的光景，雛也完全看慣了。

「啊！柴崎同學。」

聽到在走廊上前進的雛的呼喚聲，健「嗯？」一聲停下腳步。

亞里紗也跟著停下腳步，望向雛所在的方向。

「明智老師要你去教職員辦公室一趟。」

「啊？明智老師找我？為什麼？」

「我也不知道，老師只說要『柴崎兄弟的哥哥』過去……」

聽到雛的回應，健一瞬間露出皺眉的認真表情。

平常總是嘻皮笑臉的他，這樣的表情可說相當罕見。

「啊～……我知道了。我晚點過去～」

下一刻，健恢復以往的笑容和輕浮語氣這麼說，並對雛揮揮手。

「你現在就過去啦……」

亞里紗對他投以沒好氣的眼神。

「另外，你有看到山本同學嗎？」

「妳說幸大？印象中，他好像有說要去社團教室一趟。妳找他有事嗎？」

「是明智老師啦。他要我轉告山本同學，請他拍幾張足球社比賽時的照片。」

「我幫妳聯絡他吧？」

「嗯，麻煩你了。」

聽到雛這麼說，健隨即掏出手機，發送訊息聯絡幸大。

沒多久之後，他的手機便傳來一陣通知音效。看來是幸大馬上回覆了。

「瀨戶口同學，妳也會去幫虎太朗加油對吧？」

「嗯，姑且會去啦。」

「我跟亞里紗晚點也會一起過去。」

確認過手機的訊息後，健抬起頭微笑著這麼說。

「可以請你不要擅自決定嗎？」

看到亞里紗不悅地皺起眉頭，健露出一臉「咦？」的表情。

「妳不去幫虎太朗加油嗎？」

「我會去啊。」

這麼回答後，亞里紗別過臉去。

「咦……為什麼妳對虎太朗這麼坦率，對我卻冷淡到不行啊？」

「這個嘛～為什麼呢？你要不要摸摸自己的良心思考一下？」

對健投以冰冷的視線後，亞里紗便擺動著一頭長髮離開。

「那麼，等會兒見嘍，瀨戶口同學！」

輕輕舉起一隻手向雛道別後，健就拔腿朝亞里紗的背影追了過去。

（柴崎同學也真努力耶～……）

雛苦笑著這麼想，然後望向自己的手錶。

現在還不到下午一點。

（我記得比賽是一點半開始……）

現在，足球社社員應該在操場上開討論會吧。

「虎太朗會不會緊張呢……」

雛朝校舍出入口邁出步伐。

在沒多少學生的安靜走廊上前進時，從連接兩棟校舍的走廊朝這裡走來的高橋學姊以「啊，瀨戶口！」喚住她。

「遇到妳正好。我現在要開會，妳能過來露個臉嗎？」

「咦！現在……開會嗎？」

雛慌張地反問。

今天，因為足球社會在操場上比賽，無法使用操場練習的田徑社便暫停一天社團活動。

雖然沒有強制，但社員們多半會各自進行自主練習，或是繞著學校外圍練跑。

「如果妳有事也沒關係。」

「不……我會參加！」

雛連忙這麼回答。她可不能忽略社團活動的集合會議。

（應該……沒問題吧？反正離比賽開始還有一段時間……）

「那麼，不好意思，也麻煩妳跟其他高二成員說一聲吧，要大家來社團教室開會。」

「那個～……學姊，我想請問會議會花多久的時間……」

雛喚住準備轉身離開的學姊，戰戰兢兢地這麼問道。

「啊～不會太久的。大概三十分鐘吧。」

三十分鐘的話，應該還趕得上足球社的比賽。

雛這麼想而鬆了一口氣。然而——

（偏偏這種時候發生這種事——！）

雛一邊狂奔，一邊看手錶確認時間。

現在已經過了下午兩點。

原本預估三十分鐘就能夠結束的會議，因為社團顧問老師也一起加入討論，意外延長了一些時間。

不過，因為討論的是下一屆的分區預賽，所以算是一場很重要的會議，雛也不好中途開溜。

（明明都約好了…………！）

雛帶著焦急的心情奔向舉行比賽的操場。

頭上灑落的陽光刺眼又熾熱。

學生們的歡呼聲和加油聲從操場的方向傳來。

聚集在那裡的，除了櫻丘高中的學生以外，還有對手學校的學生。

兩支隊伍的選手們在寬廣的操場上奔馳。

調整呼吸的同時，雛努力尋找虎太朗的身影。

一邊盤球一邊往前跑的虎太朗，在敵方選手的重重包圍之下，將腳下的球傳給隊友。

比賽已經進入下半場。再加上今天的炎熱天氣——

虎太朗想必也消耗了不少體力吧。即使從遠處，也看得出他氣喘吁吁的模樣。

「瀨戶口同學，這邊～」

在圍籬旁觀賽的健發現了雛，於是出聲呼喚她。

幸大和亞里紗也在那裡。雛緊盯著賽場趕向三人身邊。

「比賽怎麼樣了？」

「上半場快要結束前，被敵隊拿下了一分，然後就一直維持現狀到現在。」

捧著相機的幸大這麼說明。

「妳在幹嘛呀？這麼慢才過來。」

聽到亞里紗這麼問，雛聳聳肩回答：

「因為田徑社的會議一直不結束嘛。」

「溜出來不就好了嗎？」

這時，周遭突然傳來一陣驚呼。雛和亞里紗連忙望向操場。

虎太朗突破了敵隊的包圍網。敵隊選手見狀，以相當強硬的動作企圖擋下他。

「啊！」

就在雛驚聲呼喚的時候，虎太朗反射性地閃過敵方球員，將球傳給趕來附近的隊友。

在傳球成功、順利射門得分的瞬間，球場上歡聲雷動。這樣一來，雙方就是一比一同分了。

「喔～剛才那個傳球真漂亮！」

健的語氣聽起來很開心。一旁的幸大舉起相機，以「就是啊」回應。看來，他有好好把剛才那一幕拍攝下來。

幸大先將相機放下，接著又拿起來對準雙手按著雙腿、不停喘氣的虎太朗，「喀嚓」一聲拍下照片。

在球場上的虎太朗從敵方球員腳下成功攔截到球，隨即開始盤球前進。

「上啊～！虎太朗～！」

「榎本～！」

健和亞里紗為虎太朗吶喊打氣。

周遭的學生們也紛紛出聲吶喊起來。亢奮的人聲籠罩了整片操場。

一心想阻止虎太朗前進的敵方球員，以有些勉強的動作撞了過來。

試著突破對方防線的虎太朗，表情看起來相當焦急。

「我會爭取到上場資格，希望妳來看比賽。」

雛回想起虎太朗以平淡語氣道出這句話的模樣。

（加油啊……虎太朗……）

她不禁在內心這麼聲援他。

就連自己的心跳聲，彷彿都因為緊張而變得響亮。

（加油啊……）

還差一分——

虎太朗衝向球門的時候，敵隊的選手卯足全力來到他的前方試圖劃球。

儘管差點因此重心不穩，虎太朗仍確實將球勾回腳下守住。

企圖攔截球的敵隊選手再次展開行動。

雛屏息觀看著這場激烈的攻防戰。

緊握的掌心開始發燙，汗水也跟著滲出。

「不准輸——————！」

雛不禁這麼放聲大喊。

被她這個舉止嚇到的幸大、健和亞里紗紛紛轉過頭來望向雛。

或許是她的聲音確實傳達出去了吧，虎太朗像是觸電那樣抬起頭。

他重重吐出一口氣，在下個瞬間轉身避開敵隊選手的攻勢，開始狂奔。

敵隊選手企圖從左右兩側衝過來包抄他時，虎太朗早已做出準備射門的動作。

眼見球以驚人的速度朝球門飛去，守門員整個人撲上——

雛忍不住用力閉上雙眼。

哨聲和歡呼聲傳入耳中。

她戰戰兢兢睜開眼，發現一旁的亞里紗開心吶喊，還激動地跳了起來。

至此，比賽結束。

雛無法將視線從虎太朗身上移開，緊緊交握的雙手也沒有鬆開。

猛烈的心跳聲不斷在耳畔迴盪——

（原來虎太朗他……這麼……這麼……厲害呀…………）

「雛～我絕對會射門給妳看！」

年幼的虎太朗擺出勝利手勢這麼宣言的模樣，此時從雛的腦海中閃過。

就像那天在比賽中成功射門時一樣。

和雛對上視線後，虎太朗露出開心笑容，朝她比出勝利手勢。

一直以來，哥哥優都是雛的英雄。

不過——

（說不定，虎太朗他……）

嘴角微微上揚的雛，以略為拘謹的勝利手勢回應虎太朗。

（也是我的英雄呢。）

因為，虎太朗真的帥氣到足以令她湧現這樣的想法——

怦然心動。

原本激動尖叫的亞里紗，此時「嗯？」地轉過頭來。

看到自己的勝利手勢被亞里紗發現，雛連忙將雙手藏到背後。

「這……這個……沒什麼特別的意思啦！」

雛慌忙辯解的模樣，讓亞里紗露出壞心眼的笑容。

「妳真的很不坦率耶。」

「只有妳沒資格這樣說我，亞里紗！」

看到亞里紗一臉泰然自若地這麼說，雛不禁漲紅著臉反擊。

而且，因為太激動了，她還不小心把「高見澤同學」叫成「亞里紗」。

雛鼓起腮幫子，氣呼呼地喊著：「真是的～！」

一旁的健則是以「就是啊、就是啊～」連聲附和。

「我也希望亞里紗能對我更坦率一點呢～」

健大大嘆了一口氣，接著為了窺探亞里紗的反應而朝她偷瞄一眼。

「……我有啊。」

語畢，亞里紗別過臉，雙手抱胸朝校舍的方向走去。

健先是愣愣地露出「咦？」的表情，接著猛地轉過頭望向幸大。

「幸大……她剛才那是什麼意思？」

聽到健手足無措地這麼問，幸大一邊操作相機，一邊歪過頭回以：「誰知道。」

「可以不要問我嗎？是說，你去問本人不就好了？」

「說……說得也是喔！」

健隨即露出認真的表情，大喊著「亞里紗～！」然後拔腿追了過去。

幸大舉起相機，將鏡頭對準這兩人的背影。

在八月過了一半的時候，足球社和田徑社的夏季大賽終於雙雙落幕。

這天，操場在進行整修，所以足球社和田徑社的練習都暫停一天，但雛和虎太郎仍一大早就來到學校。

這是因為前一陣子，兩人為了準備夏季大賽而忙碌不已，幾乎沒能去園藝社幫忙的緣故。

雖然他們還是會趁午休或空閒時間幫忙拔草澆水等簡單的工作，但除此以外的事項，幾乎都只能丟給三年級的學長姊們處理。

體貼的學長姊們曾以「運動社團本來就比較辛苦嘛」安慰他們。然而，這些學長姊同樣得準備大學入學考，也必須參加暑修和模擬考，忙碌程度恐怕不會輸給兩人。

儘管如此，他們卻幾乎包辦了園藝社所有的事務，這讓虎太朗和雛相當過意不去。

所以，在大賽結束後，兩人便盡可能積極到園藝社幫忙。

再說，差不多得開始考慮明年的事了。

等到秋天過去，學長姊們就會退隱了吧。

之後，園藝社就得靠虎太朗和雛撐下去了。

換上運動服的雛和虎太朗，蹲在中庭一角的某塊花圃旁，努力拔除生命力旺盛到令人火大的雜草。

加上午休時間，兩人努力到接近下午一點的現在，陽光感覺變得更加毒辣了。

儘管只有雙手在動作，汗水仍不停流淌下來。

「好～……熱——……」

雛埋頭忙著拔草時，身旁的虎太朗停下動作，發出癱軟無力的哀號。

或許是熱到沒有餘力顧及形象了吧，他頭上戴著一頂草帽，頸子上還掛著一條毛巾。

「嗳～雛，我們休息一下吧～」

「真是的～你可是足球社的先發球員耶。再加油一下啦。」

感覺這樣的對話似乎每隔十分鐘就會上演一次。

「這比足球社的練習還累人好嗎？」

說著，虎太朗將手伸向反射陽光的寶特瓶。

剛才原本放在陰影處，那塊陰影卻不知何時消失了，讓寶特瓶直接曝曬在陽光底下。

扭開瓶蓋後，虎太朗猛地喝了一大口，卻發現裡頭的水已經被曬得溫熱，不禁皺起眉頭。

似乎連半蹲著都覺得吃力的他，直接一屁股癱坐在地上。

「真拿你沒辦法耶～……」

雖然嘴上這麼說，但雛其實也已經熱得口乾舌燥了。

她脫下弄髒的棉紗工作手套，將手伸向水壺。

不知道是不是錯覺，但一旁的銀杏樹的葉子，似乎替她擋掉不少強烈的陽光。

陽光從樹頭枝枒的縫隙透出，灑落在已經清除了半數雜草的地面上。雛呆滯地眺望這樣的光景，將水壺湊近唇邊時，一陣笑聲傳入她的耳中。

一群身穿運動服的女孩子，從連接兩棟校舍的走廊走過。是高一的學生。

櫻丘高中的運動服顏色，會依照學年而有所不同，所以一看就知道了。

從她們往體育館的方向前進這一點看來，說不定是運動社團的社員吧。

這麼說來，去年的這段期間，她也經常在那條走廊上漫無目的地閒晃。

不對，目的是有的。

像現在的自己和虎太朗一樣，在這個中庭照料花圃的戀雪。她想來見這樣的他——

「……妳又~在想他了吧？」

從身旁傳來的這個提問，讓雛心驚了一下。

她轉頭，發現虎太朗正盯著自己看。

「你……你在說什麼？」

「會讓妳這樣一臉呆滯地想念的人，也只有一個了吧？」

說著，虎太朗別開視線，仰頭飲盡寶特瓶裡所剩不多的水。

「什麼呆滯啦！我又沒有一直都想著戀雪學長的事！」

看到雛紅著一張臉辯解，虎太朗回以「我就說吧」的表情。

「妳果然在想綾瀨的事嘛。都寫在臉上了。」

「你還不是一樣。想吃拉麵的時候，就會露出一臉『我想吃拉麵』的表情，也會直接說出來！」

「啥？為什麼會扯到我跟拉麵啦。再說，喜歡拉麵的是優才對吧。」

「你明明也很喜歡拉麵！我都知道喔～你有一半的零用錢，都貢獻給經常跟柴崎同學、山本同學一起去的那間拉麵店了。是小夏這麼說的！」

「妳還不是老是跑去吃可麗餅！」

「偶爾而已～！」

雖然一如往常地鬥嘴了幾句，但這天的炎熱氣溫，讓兩人實在沒有力氣繼續下去。或許是累了吧，雛和虎太朗雙雙嘆了一口氣。

蟬鳴聲響徹了這一帶。

「……不過，他真的很厲害耶。」

手拿寶特瓶的虎太朗這麼輕聲開口。

「嗯……戀雪學長一直都是一個人努力過來的呢。」

無論夏天或冬天、無論天氣是好是壞，戀雪總是從不間斷地來觀察花圃的狀況，並給予細心的照料。

「我們也得加油才行呢。可不能輸給綾瀨。」

「是綾瀨『學長』才對吧？」

雛以眼角餘光瞄向虎太朗，發現他皺起眉頭，一臉「我才不想這麼叫他」的表情。

（這個人真的是……怎麼會這麼不服輸啊……）

像是為了掩飾自己忍不住發笑的反應那樣，雛轉而望向天空。

純白的積雨雲覆蓋了澄澈的晴空。

hero 2
～英雄2～

hero 3 ～英雄3～

ハッ
……
さっ
にま〜

★ hero 3 ~英雄 3~ ★

十月即將結束的晴朗星期六下午。

這天，身穿運動服的虎太朗出現在中庭。

一如往常地拔光花圃裡的雜草後，為了將園藝廢棄物扔掉，他走向位於校舍後方的垃圾場。

現在已經不再使用的小型焚化爐旁，設置著用來丟棄可燃和不可燃垃圾的兩個大箱子。

將塞滿雜草的垃圾袋扔進箱子裡之後，虎太朗轉身準備往回走。

這時，他不經意瞄到一個蹲在箱子陰影處的人影。

因為有點在意，他探頭仔細一看，發現那個人影是高見澤亞里紗。

她被虎太朗嚇了一跳，驚慌失措地喊了一聲：「咦，榎本！」

「妳蹲在這種地方幹嘛？」

聽到虎太朗這麼問，亞里紗「嗚～～」地板起面孔。

「我……沒幹嘛啊。」

亞里紗從原地俐落起身，輕輕拍掉裙子上的灰塵，露出一臉若無其事的表情。

不過，她的視線卻不安分地左右飄移，像是在尋找誰似的。

「哦～是無所謂啦……」

語畢，虎太朗丟下一句「再見嘍」，揮揮手準備離開現場。

「等一下，榎本！」

亞里紗一把揪住虎太朗的運動服，讓後者的腳步踉蹌了一下。

「幹嘛啦？」

「足球社今天不用練習嗎？」

「因為棒球社今天要用操場來打練習賽啊。」

「……所以，雛去園藝社幫忙了？」

亞里紗收回手，藏在身後這麼問道。

「應該是去幫忙準備文化祭了吧？我有聽她說要跟其他女生外出採買。」

「你不用幫忙嗎？」

「我又不是負責採買的人。這麼說來……妳現在是文化祭執行委員對吧？」

印象中，打從國中時期開始，虎太朗就不曾看過亞里紗積極參加班際活動。

然而，到了今年，不知道她是基於什麼樣的心境變化，竟然主動表示要接下文化祭執行委員一職。

「……拜託你別讓我想起這件事。」

不知為何，亞里紗只是垮著一張臉移開視線。

「妳又被柴健追著跑啦？」

虎太朗笑著問道。

他班上的文化祭執行委員是健。

過去，原本不曾對文化祭表露過半點興趣的他，聽到亞里紗是隔壁班的文化祭執行委員後，隨即幹勁十足地毛遂自薦。

今天再過一陣子，各個班級的執行委員應該就會聚集一堂召開討論會。校內廣播這麼公告過。

「別管我的事了啦。比起這個，榎本！你有想過文化祭要怎麼過嗎？」

「……我？妳問怎麼過……應該就是去學弟妹班上晃晃，或是去開餐飲店的班級吃吃喝喝吧？」

面對逼近自己的亞里紗，虎太朗以有些不知所措的語氣回應。

亞里紗先是做出脫力的反應，然後以沒好氣的眼神盯著虎太朗開口。

「榎本……你知道文化祭是為了什麼而存在的嗎！」

「為了什麼……不就是為了開心玩樂嗎？」

「這是個好機會呀！要是不趁這次一口氣拉近跟雛之間的距離，是要等到什麼時候啊！」

「啥！」

虎太朗漲紅著臉駁斥：「妳在說什麼啦！」

「大家可都懷抱著這樣的決心喲。悠悠哉哉地想著要到處閒晃的人，恐怕就只有你了吧，榎本。」

語畢，亞里紗以冰冷不已的視線望向虎太朗。

「妳……妳也是這樣嗎，高見澤？」

「我還有執行委員的工作要做，所以沒這種閒工夫！」

以強硬語氣這麼回答的亞里紗，眉心擠出一道深得不能再深的皺紋。

「我也沒這種閒工夫啊。更何況，雛應該會跟小金井一起去逛吧。去年就是這樣啊。」

（而且，就算拉近距離了……）

「但我覺得，小金井同學應該會為了我們班上的文化祭相關準備，而忙得焦頭爛額喲。」

「這樣的話，雛就會找其他女孩子一起逛了吧。就算我去約她……」

虎太朗不甘不脆地回應。

「你主動約她不就得了嗎？不對，你給我主動去約啦！」

亞里紗的臉再次逼近，虎太朗不禁往後退了一步。

「為……為什麼是妳這麼拚命啊？」

「因為我在旁邊看得很心急！」

語畢，亞里紗收回前傾的上半身，然後嘆了一口氣。

「你……還很在意阿雪的事嗎？」

她像是有所顧忌似的輕聲這麼問。

「不是妳想的那樣啦。」

語畢，虎太朗垂下視線。

接著，他像是想到什麼似的叨唸一聲「對了」，然後望向亞里紗。

「高見澤，妳有沒有認識還沒加入社團的學弟妹？」

「我怎麼可能認識呢。」

亞里紗沒有參加社團，所以跟學弟妹們幾乎不會有交集。

應該說，她原本就是不會積極與他人交流的個性。

「也是喔～……果然只能去找其他人了嗎……」

「……是園藝社？還沒招收到新社員嗎？」

「我是有到處拉人啦……」

虎太朗苦笑著回應。

他跟雛試著在校內張貼招收新人的宣傳海報，但沒有半個人上門。

「如果祭出『秋天有烤地瓜吃到飽的活動！』這樣的口號，會不會就有人願意入社啦？」

「我覺得用烤地瓜釣人不太好耶。」

「也是啦～……」

「這種事……又有什麼關係呀。你也用不著這麼努力吧？畢竟你原本是為了雛才加入園藝社啊。現在，阿雪也已經畢業，不會再出現在社團了……」

「……我現在是為了自己才這麼做啦。因為我不喜歡隨便交差了事。我想好好……把園藝社交棒給下一屆社員。」

不知從什麼時候開始，園藝社成了虎太朗重要的歸處之一。

畢竟是自己注入心血的社團，所以多少會產生感情，也希望能確實傳承給後人。

過去，戀雪或許也懷抱著相同的心情吧。

「雖然很不爽綾瀨這個人……但作為一名園藝社的學長，我覺得他真的超級厲害。」

看到虎太朗眺望著校舍的方向這麼說，站在他身旁的亞里紗沉默下來。

「……榎本，你好認真喔。」

「我這樣很普通吧？」

「真希望某人也可以跟你學學。」

亞里紗皺著眉頭這麼說。

「但那個某人好像在找妳耶，妳這樣沒關係嗎？」

聽到虎太朗這麼說，亞里紗在驚呼一聲「咦！」之後，表情跟著緊繃起來，連忙探頭四處張望。

之後，她慌慌張張地繞到垃圾桶後方蹲下，把自己藏起來。

「亞里紗～喂～……呃，咦？我好像有聽到她的聲音？」

將雙手插在口袋裡的健，從校舍那頭朝這裡走來。

「虎太朗，你有看到亞里紗嗎？」

健走到虎太朗身旁，望向他這麼問道。

「沒看到啊……」

虎太朗若無其事地移開視線。

健以「哦～……」回應，然後望向垃圾桶的方向。

「我想找她一起去參加文化祭執行委員的討論會。」

「柴健，你……這麼喜歡高見澤啊？」

聽到虎太朗極其自然地道出的問題，健「嗯？」地將視線拉回他身上。

「喜歡啊。」

因為健回應的語氣實在太過理所當然，原本打算調侃他的虎太朗，這下子反而「嗚咕！」地說不出半句話。

「那麼，如果你遇到亞里紗，幫我跟她說我先去開會嘍。」

健笑著這麼說，揚起一隻原本插在口袋裡的手揮了揮，便轉頭走回校舍。

「…………他這麼說喔，高見澤。」

像是自言自語般這麼開口後，虎太朗朝垃圾桶後方瞄了一眼。

滿臉通紅的亞里紗環抱雙腿坐在地上。

隔天是星期天，虎太朗睡到接近中午的時間才醒過來。

或許因為父母都出門了吧，儘管這天是假日，家中卻罕見的安靜。

夏樹似乎也不在家。

（是跑去隔壁了嗎……）

虎太朗今天一整天都沒有任何安排。一旦社團休息，他就會馬上閒到發慌。

雖然有在思考要不要去學校替花草澆水，但昨晚下了一場不小的雨，所以或許沒這必要吧。而且，學校今天會舉辦以明年即將參加大學入學考的學生為對象的大學系所說明會。

「去跑步好了……」

想不到其他可做的事情的虎太朗，一邊抓抓自己的肩膀，一邊朝客廳走去。

吃了土司配鮮奶的簡易中餐後，他換上運動服、套上運動鞋後踏出家門。

外頭灑落的刺眼陽光，讓他微微皺起眉頭。

昨晚那場雨已經完全停了，但路上還殘留著水窪。

虎太朗望向隔壁住家，發現玄關外頭停了一輛車。

優拿著水管和海綿，正在仔細地刷洗車身。

發現虎太朗後，優露出笑容以「你在幹嘛～？」主動搭話。

今年夏天，優考到了駕照。

大學生的暑假一直放到九月，他似乎是趁這段期間去上了駕訓班。他在清洗的是雙親的車子，不過，現在可能都是優在開吧。

「夏樹今天沒跟你在一起啊？」

「她今天要打工。」

優將海綿擰乾後丟進水桶裡。

剛洗好的這輛車，乾淨到會反光。

「哦～因為太閒，你才跑出來洗車嗎？」

聽到虎太朗以調侃語氣這麼問，提起水桶的優轉過頭來。

「那我們兩個大閒人，要不要一起去哪裡晃晃？」

「……雛呢？」

「她去朋友家了。真遺憾啊。」

笑著這麼回應後，優表示「我先把這些工具拿去放」，接著便走進家中。

待優踏出家門後，虎太朗坐上車子的副駕駛座。

優坐上旁邊的駕駛座，然後關上車門。

「你想去哪裡？」

他一邊繫安全帶，一邊這麼詢問虎太朗。

「但我現在是這副打扮耶……」

原本打算出門慢跑的虎太朗，現在仍是一身運動服。

「那就隨便到處晃晃吧。」

優朝他笑了笑之後踩下油門，車子開始前進。

「……優。去年的文化祭，你是跟誰一起逛？」

茫然聽著車內播放的歌曲時，虎太朗突然想起這件令人在意的事，忍不住開口詢問。

車子駛離住宅區，在前往車站鬧區的路上前進。

「文化祭？」

在紅綠燈前停下車後，優將手肘靠上方向盤，「嗯～」地沉思起來。

「印象中，我那時應該沒空到處去逛。因為一直在埋頭煮拉麵啊。」

「這個我知道啦。我是說除此以外的時間。」

「閒下來的時候，我都待在社團教室呢。因為畢業製作的電影，後製作業都還沒完成啊。」

號誌切換成綠燈後，車子開始往前。

今天是假日，所以街上的人車都很多。

優沒有搶快，只是讓車子在一片車流中緩緩前進。

「……這麼說來，文化祭的時期快到了嘛。」

「你不會……跟夏樹一起去逛嗎？」

優露出懷念不已的表情。虎太朗朝這樣的他的側臉瞥了一眼。

「夏樹應該會找早坂跟合田一起逛吧～？」

（所以，優並不會主動約她一起去逛嗎……）

「你怎麼啦？」

發現虎太朗沉默下來，優維持看著前方的姿勢這麼問道。

「我以為你會約夏樹一起去逛……」

「就算不約她，我也會被她拖著到處跑啊～」

這麼回答的優，臉上浮現看似很開心的笑容。

（我想也是……）

除了優以外，虎太朗大概是第二了解夏樹個性的人。畢竟是自己的姊姊。

「你想約誰一起去逛嗎？」

被優這麼一問，虎太朗心驚了一下。

不過，對象是他的話，就沒必要蒙混帶過，或是為了面子而逞強了吧。

嘆了一口氣之後，虎太朗以「也沒有啦，只是……」開口。

「我總覺得……青梅竹馬這種關係，好像比想像中更不利……因為從小就認識彼此……事到如今，也沒辦法在對方面前耍帥……但你是打從一開始就一直很帥氣啦。」

ホットケーキ

「……沒這回事。」

「很帥啊。你之前足球也踢得超好……」

「能一直持續練足球到現在的你，踢得要比我好更多呢。」

「而且，你還很會念書……」

無論是國中或高中時期，優一直都是女孩子們憧憬的對象。

進入大學後，這一點似乎也沒改變。在家裡，虎太朗幾乎每天都能聽到夏樹抱怨：

「優太受歡迎了啦！」

這兩人就讀的大學不同，夏樹似乎也因此更加不安。

「優……你應該知道夏樹很多缺點吧？」

「嗯~……算是吧。」

說著，優將手伸向置物架上的寶特瓶。

「既然這樣，你怎麼還會喜歡上她？」

虎太朗一臉認真地道出的問題，讓優差點把喝下去的那口水噴出來。

被水嗆到的他咳了幾下，用手背慌亂地抹了抹嘴巴。

打從小時候開始，優就十分珍惜夏樹——這一點虎太朗很清楚。不過，這樣的情愫，一開始應不是男女之間的愛情才對。最初，優應該只是基於青梅竹馬的身分在照顧夏樹而已。

將寶特瓶放回置物架上後，優吐出一口氣。

「……這種事情，我想應該不是用這個人有什麼缺點、有什麼優點去做決定的。就算有缺點，自己想珍惜對方的心情也不會因此改變吧？我……無法考慮夏樹以外的對象，也覺得沒有其他人能取代她……就算有缺點，我心目中的第一名還是夏樹。就是這麼一回事吧。」

或許是愈說愈難為情吧，優將手覆上發紅的臉，嘀咕了一句：「我為什麼得說這些啊？」

（我也……無法考慮雛以外的對象呢……）

就算她不把自己當一回事、就算她有了喜歡的對象，這點都不曾改變。
因為行不通、因為沒希望，就轉而尋找其他對象這種想法，他一次都不曾浮現過。
虎太朗將手肘靠上車窗的窗框，然後以手托腮。
就這樣眺望著窗外時，優輕輕將掌心放在他的頭上。
「加油喔。我支持你。」
優笑著這麼表示。

晚上洗完澡之後，虎太朗一邊用毛巾擦拭頭髮，一邊走向客廳。
他打開客廳大門，發現裡頭仍黑漆漆的。
（大家都還沒回來喔？）
他這麼想著打開電燈，赫然發現夏樹一個人靜悄悄地坐在客廳沙發上。
「歡迎回來……」
「唔喔喔喔喔！」

她消沉不已的嗓音，讓虎太朗嚇了一大跳，踉蹌著後退好幾步。

「妳……妳在……幹嘛啊？」

因為過度驚嚇，虎太朗的心臟不停狂跳。

夏樹緩緩轉過頭來。她的手上捧著一個包裝成伴手禮的紙盒。

包裝紙上頭寫著「特級肉包！」幾個字。

「這是……什麼？為什麼家裡會有肉包、燒賣跟拉麵？」

眼神透露出怨氣的夏樹，用手指著堆放在桌上的禮物紙盒問道。

虎太朗將背貼上牆壁，緊張地嚥了一口口水。

「妳……妳問為什麼……因為我跟優……一起去買？」

下一刻，夏樹從沙發上迅速起身，讓虎太朗再次心驚了一下。

她捧著特級肉包的紙盒直接朝他走來。

「你趁我不在的時候……跟優跑去兜～風～？」

「咦……不……不是啦……那該說是兜風……還是……」

「你們兩個……一起去品嚐拉麵、肉包、燒賣、水餃、珍珠奶茶之類的美食，滿足地大吃大喝嗎～？在我……在我打工被客人罵的時候，你們兩個竟然共度了這麼快樂的時光～！」

「對……對不起啦，所以我們才買了一堆伴手禮回來啊！」

虎太朗移開視線，小小聲補充了一句：「雖然……都是優買的啦……」

「我去一下隔壁！」

夏樹揣著特級肉包的紙盒，拔腿衝出客廳。

聽到她遷怒似的甩門的巨響，虎太朗不禁縮起脖子。

（優他……不……不要緊吧……？）

「呃，哎呀……算了……」

對方可是優呢。大概會用各種方式安撫夏樹吧。這是家常便飯了。

虎太朗以手撫著後腦杓，往廚房冰箱走去。

「就算有缺點，我心目中的第一名還是夏樹。就是這麼一回事吧。」

回想起優在車裡說過的這句話，虎太朗不禁發笑。

（優真的很厲害呢……）

文化祭
全員參加!!
文化祭
推出活動
咖啡廳
章魚燒
好想吃
拉麵
話劇表演
音樂劇?
童話大雜燴
跳舞
鬼屋
要不要一起到處逛逛？
反正妳休息時間是一個人吧？

hero 4 ～英雄4～

別一副好像男朋友的樣子啦。
哼！
不是要一起逛嗎？我要丟下你嘍！
スペシャルLIVE
LIP×LIP
13:00～開演!!
体育館へGO

★ hero 4～英雄4～ ★

十一月的第一個星期六。這天，上午的課程提早結束，每個班級都為了文化祭的準備忙進忙出。有些學生在走廊上組裝大型道具，有些學生則是在校舍外頭製作看板。

不知是誰為了好玩而灌滿氣的氣球，輕飄飄地在天花板下方漂浮。

在制服外頭套上圍裙的雛，揣著幾罐油漆走下階梯。

來到一樓後，可以看見設置在校舍出入口的鞋箱。

這時，雛發現有個女孩子站在自己班級的鞋箱前方，於是好奇地停下腳步。

（我記得……那個女孩子是足球社的……）

女孩將一頭飄逸的淺褐色頭髮綁得鬆鬆的。

有著白皙肌膚和嬌小體型的她，臉蛋也長得很可愛。

足球社和田徑社同樣都會在操場上練習，所以，雛也看過今年以足球社經理的身分加入社團的她。

那個女孩子在原地東張西望，臉上帶著坐立不安的表情。

（她是不是弄丟了什麼東西……？）

「……妳怎麼了嗎？」

雛朝那名高一的女孩子走近出聲詢問。對方的雙肩因此狠狠抽動一下，似乎是嚇了一大跳。

她慌慌張張將雙手藏在身後，臉頰也微微泛紅。

（啊！原來如此，是情書嗎……）

看來，自己對這個女孩子搭話的時間點似乎不太好。

正當雛打算匆匆離開時，對方以一聲「請問！」喚住她。

「妳是……瀨戶口學姊…………對吧！」

看到她猛地抬起頭這麼問，雛以「我……我是」回應。

「妳是榎本……學長的青梅竹馬對吧？」

「咦？虎太朗？」

這麼說來，這個女孩子剛才就是站在虎太朗的鞋箱前方。

看著對方以打探的眼神緊盯著自己，感到些許不自在的雛擠出笑容。

「嗯……我們算是……青梅竹馬吧。」

「學姊，妳在跟榎本學長交往嗎？」

「咦！跟虎太朗？這怎麼可能呢！」

雛吃驚地搖搖手否定。

結果對方鬆了一口氣似的輕喃：「這樣啊……」

「經常……有人這麼誤會就是了。」

「學姊妳……應該，沒有喜歡榎本學長吧？」

「……咦？」

「妳應該不會……想跟他交往吧？」

學妹抬起雙眼，像是想確定事實那樣追問。

「我……我沒有這麼想啦！虎太朗跟我只是青梅竹馬！我們……真的就只是這樣的關係。我完全沒想過要跟他交往之類的！」

因為焦急，雛的說話速度不自覺地變快。

原本想笑著帶過，卻不如想像中順利。她的表現不太自然。

（咦……為什麼？）

「妳在這裡幹嘛，岡崎？」

聽到虎太朗從後方傳來的聲音，雛猛然回神。

那名高一學妹的反應似乎也差不多。「榎本學長！」她有些手足無措地喚了虎太朗一聲。

「妳有事找我嗎？」

聽到虎太朗這麼問，學妹搖搖頭回應：「不，沒事！」

「……對了，社長說放學後要開會，所以要我告知高一的社員。」

「好的！那我先失陪了！」

被喚做岡崎的這名學妹，先是朝兩人一鞠躬，接著快步從大門離開。

敞開的玻璃門慢慢關上，落葉與寒風一起從縫隙竄進鞋箱設置處。

在玻璃門完全關上後，不知為何，一股尷尬的沉默籠罩了雛和虎太朗。

剛才那段對話，明明不是什麼不能被別人聽到的內容啊——

「那……那個學妹很可愛呢。」

心情遲遲無法平靜下來的雛，移開視線這麼開口。

「……會嗎？」

虎太朗回應的嗓音聽起來不太感興趣。

雛悄悄望向他的臉，發現虎太朗的視線落在玻璃大門外頭。

從這裡可以看見剛才那名學妹跑下階梯的身影。

「很可愛啊……」

雛這麼輕喃，將視線往下移到腳邊。

照理說，能收到這麼可愛的學妹的情書，一般男孩子應該都會很開心才對。

「我不知道啦。又不是柴健。」

簡潔地這麼回答後，虎太朗抽出原本插在口袋裡的手，把雛揣著的油漆罐拿走了一半。

「這些是要拿到體育館後面的吧？」

「啊，嗯……謝謝……」

雛輕聲這麼回應後，跟虎太朗肩並肩一起往前走。

兩人走到連接兩棟校舍的走廊上，被染紅的櫻花樹葉隨風飄落。

雛悄悄望向虎太朗，想觀察他臉上的表情，但後者只是看著前方，一語不發地往前走。

（虎太朗他……要是被告白了……會怎麼反應呢……）

這種事情，雛過去完全不曾在意過。

總覺得，最近心裡老是有種悶悶的、不痛快的感覺——

週休假期結束後的星期一。這天，在放學過後，雛和日和一起來到速食店。

她們在靠窗的座位面對面坐下，一起喊出「我要開動了！」然後大啖漢堡。

似乎是第一次造訪這間店的日和，眉開眼笑地表示：「嗯～好好吃喔～！」

（日和吃東西的樣子，真的是津津有味的呢～）

忙完社團活動過後，肚子多少會有點餓，所以餐點吃起來就更美味了吧。

看著這樣的她，雛也不禁跟著嘴角上揚。

「日和，你們班文化祭時會準備什麼活動？」

咬了一口漢堡後，雛以一句「對了」打開話匣子。

「我們班是鬼屋！」

日和露出笑容，精神百倍地這麼回答。嘴角還沾著些許漢堡的醬汁。

「虎太朗他們班去年籌備的也是鬼屋呢……那時，我還跟他一起躲在布景後面。」

雛有些懷念地瞇起雙眼。

「哦……原來你們去年同班呀！」

「啊……不是這樣的。這其實有些原因……」

夏樹的青梅竹馬芹澤春輝，以及摯友合田美櫻。去年，春輝即將去留學一事，讓這兩人的關係變得有些疏遠。夏樹希望能為他們做點什麼，所以才這麼拜託雛。

「瀨戶口學姊，妳跟榎本學長是青梅竹馬……對嗎？」

「嗯，算是吧。我們也剛好住在隔壁……」

「這樣呀！」

日和驚訝地圓瞪雙眼，輕聲表示：「好好喔～」

雛不禁苦笑著回應：「這一點都不好啦。」

「虎太朗大聲嚷嚷的聲音，每次都會傳到我們家裡來。早上，就算不想跟他碰面，也還是會遇到。真的沒有半點好處喔。」

「會嗎~？但人家還挺羨慕的耶……有可以一直陪伴自己的青梅竹馬。」

日和以食指抵著下巴，露出有些陶醉的表情。

「我們只是剛好又考上同一所高中而已啦。更何況，接下來的事情也很難說……」

雛並沒有聽說虎太朗高中畢業後有什麼打算。而且，就連雛也還沒確實決定自己畢業後的出路。

回過神來，雛發現自己的視線落在手邊，雙唇也緊抿著。

「瀨戶口……學姊？」

看到雛就這樣沉默了片刻，日和有些擔心地出聲輕喚。

「我……要是沒有虎太朗，或許會活不下去呢……」

突然聽到有人在耳畔輕喃這段話，讓雛吃驚地往旁邊望。

捧著托盤、為了將臉靠近她而上半身往前傾的亞里紗出現在眼前。

她的臉上浮現壞心眼的笑容。

似乎是第一次看到亞里紗的日和，現在也只能在座位上愣愣地望著她。

「亞里紗！妳不要擅自說一些奇怪的話啦！」

臉蛋一口氣漲紅的雛，因為慌張而不自覺提高了說話音量。

「妳的想法全寫在臉上了啊，我只是幫妳說出來而已。」

語畢，亞里紗在日和旁邊的座位一屁股坐下，再把自己的餐盤擺在桌上。

看著在餐盤上堆成小山、分量遠超過一人份的薯條，日和的雙眼瞪得更大了。

「……要吃嗎？」

聽到亞里紗這麼問，雙眼閃閃發亮的日和猛點頭。

「那人家就不客氣了！」

「……會不會太鹹了一點？」

「人家很喜歡這種鹹味比較明顯的調味！」

日和跟亞里紗一邊這樣閒聊，一邊捻起薯條享用。

（她每次都突然出現耶……）

而且，雛也沒聽說過亞里紗喜歡薯條。

（是不是又跟柴崎同學發生什麼事了……？）

雛以雙手捧起杯子，將裡頭的紅茶吹涼。

「……沒關係嗎？」

突然被這麼問，雛「咦？」一聲抬起視線。

亞里紗將薯條沾上大量蕃茄醬，再送進口中。

「……榎本又被找出去了喔。」

「老師找他嗎？」

「是學妹找他啦！又不是小學生……」

亞里紗露出一臉沒好氣的表情。

「……這種事……又跟我沒關係……」

雛咕噥著回應，然後啜飲杯中的紅茶。因為很燙，一次只能喝一小口。

「他最近好像經常收到情書耶。」

「因為榎本學長很帥嘛。比賽的時候，他總是能再三成功射門……」

日和滿面笑容地這麼說，然後在下一刻露出猛然察覺到什麼的表情。

「啊！不過，這樣的話……或許令人有些擔心呢……！」

「只是因為那些女孩子對虎太朗這個人還不熟，所以才會這樣冒粉紅色泡泡啦。看起來很帥……也僅限於在比賽的時候。只有在比賽的時候！」

「妳要是繼續這樣子，我可不管嘍～」

亞里紗以手托腮，兩隻眼睛直直盯著雛。

「不……不管什麼？」

「仗著青梅竹馬的關係，所以妳很放心對不對？妳是不是覺得榎本不會離開妳身邊？」

「我對虎太朗並沒有這種……」

說到一半，雛沉默下來，視線也微微往下。

「要是一直說這種話，總有一天，妳會失去真正重要的東西喔。」

亞里紗以極為認真的表情望著雛道出的這句話，大大震撼了雛。

「……我知道啦……」

她垂下頭，小小聲這麼回應。

至今，他們倆從來沒有分開過，是因為——

（是因為虎太朗他……總是選擇陪在我身邊吧。）

選擇要報考的高中時是這樣。

在雛決定加入園藝社時，虎太朗也陪著她一起加入。

當雛猶豫不決時，從後方推她一把的人，也總是虎太朗。

櫻丘高中文化祭舉辦的當天，在體育館的開幕典禮結束後，學生們紛紛各自移動到自己想去的班級店鋪。

今年，學生會和文化祭執行委員會，似乎對文化祭注入特別多的心血，因此，每個班級還會進行以文化祭為主題的變裝活動。

這次的變裝活動，會透過評審審查和投票來評分，得分最高的班級有獎品可以拿，所以每個班級都幹勁十足。

今年的文化祭主題是「童話王國（Wonderland）」，於是每個人都打扮成不同的童話人物。有些人的扮相一眼就能看出來是哪個人物，有些人則是扮相奇妙過頭，結果讓人完全看不出來。

雛的班級活動，是以童話角色為登場人物的戲劇表演。

也會參加演出的雛，扮演的是童話故事小飛俠裡頭的妖精奇妙仙子。

負責製作戲服的是手工藝社的女生社員。她們連細節部分都下了很多功夫，所以完成

的戲服相當精美。

以輕薄的布料層層堆疊、表面到處都有亮片點綴的裙子，穿起來輕飄飄的。

背後還縫上了四片美麗的翅膀。

雛捧著捲成一束束的海報，在學生們來來往往的走廊上東張西望。

每面牆壁上都貼滿了班級活動的宣傳海報。

最後，她好不容易找到一塊空白牆面，但是位置有點高。

「我……搆得到嗎？」

雛攤開海報，然後踮起腳。

「嗯嗯——————！」

儘管她使勁伸長雙手，但海報看起來還是歪歪的，沒辦法貼得很正。

而且，得再貼得高一點，才不會擋住下方的海報。

「真是～！都是亞里紗啦……」

其實，這應該是亞里紗的工作才對。

然而，身為文化祭執行委員的她，從一大早就忙得不可開交。

就在剛才，亞里紗拋下一句「把這些貼起來！」然後就把這堆捲起來的海報塞給雛。

這堆海報，似乎是用來公告下午體育館將舉辦演唱會的消息。

因為是臨時決定的，海報剛貼出來，就吸引了一群興奮的女孩子聚集，造成騷動。

在校內廣播公布這個消息後，校園裡響起的尖叫歡呼聲，激烈到讓人懷疑發生了什麼事。

這或許也無可奈何吧。畢竟，這可是ＬＩＰ×ＬＩＰ的臨時演唱會。

在消息傳出去之後，甚至還有大量其他學校的學生跑來櫻丘高中，為了處理這方面的事務，學生會和文化祭執行委員會的成員可說是忙翻了。

亞里紗似乎也被迫去協助處理演唱會相關事宜，忙到完全沒空休息的樣子。

「為了避免海報被撕掉拿走，拜託妳盡可能貼在高一點的地方！高一點喔！」

雖然亞里紗這麼交代，但憑雛的身高，實在很難做到這一點。

（既然這樣，一開始就找個子高一點的人幫忙嘛……例如柴崎同學之類的……）

「還差一點點……！」

雛嘗試跳起來用膠帶固定海報，但沒能順利成功，海報也跟著滑落。

同一瞬間，一隻屬於男孩子的手臂按住了那張海報。

「妳在幹嘛啊？」

雛轉身，發現虎太朗就站在自己身後。

察覺自己被夾在他和牆壁之間的下一刻，雛慌慌張張地轉身面對牆壁。

「什麼幹嘛……看就知道了吧？我在貼海報呀！」

「為什麼是妳負責貼啊？」

「是亞里紗拜託我的啦……」

「哦～……好啦，膠帶給我。」

聽到虎太朗這麼說，雛把手上的膠帶遞給他。

虎太朗把海報往上移一些，然後詢問：「貼這邊行嗎？」

LIP
13:0
体育館
演劇部
お化け屋敷
漫画研究

「嗯……」

聽到雛的回應後，虎太朗用膠帶將海報固定在牆面上。

因為晚點要參加班上的戲劇表演，虎太朗身上穿的是小飛俠的裝扮。

雛悄悄將視線移向他貼膠帶的手。

年紀還小的時候，兩人的體型明明相去不遠。

她和虎太朗的身高與體格，是從什麼時候開始，出現了這麼大的差距呢——

「還剩幾張海報？」

「咦！啊，三張左右……」

突然聽到虎太朗這麼開口問，雛心驚了一下，回應語氣也有點慌張。

「那就趕快貼完吧。」

虎太朗抽走雛手中的海報，朝階梯的方向走去。

「為什麼是你在發號施令呀？」

「只憑妳一個人做不來吧？」

看到虎太朗笑著轉過頭來這麼說，感覺雙頰開始泛紅的雛迅速別過臉去。

在校舍出入口和階梯轉折處各貼了一張海報後，兩人將剩下的最後一張貼在自己的教室外頭。

虎太朗將手從海報上移開，往後方退了一步，檢查海報有沒有歪掉。

「沒有其他要做的事了吧？」

「嗯……謝謝……」

（虎太朗他……應該得去幫忙足球社擺攤……對吧……？）

據說足球社今年籌備的活動是一日拉麵店。

因為優去年煮的拉麵大受好評，所以社團還特地請他傳授做法的樣子。

「山本同學跟柴崎同學呢？」

「幸大忙著替校刊社取材。他說社團打算在文化祭期間推出特別號外刊物，所以現在大概在四處拍照吧。柴健去幫忙高見澤了。那傢伙好歹也是文化祭執行委員嘛。」

說完，虎太朗又笑著補上一句：「很稀奇吧。」

「……雛，妳們田徑社應該也是負責餐飲店之類的吧？」

「我們是飯糰專賣店。聽說準備了很多種口味呢，有美乃滋鮪魚，還有天婦羅飯糰等等。我們借家政教室煮了很多白飯。」

「那……應該很忙吧？妳不用去幫忙嗎？」

「下午才會輪到我排班，所以現在是休息時間……你呢？」

「我也是下午……因為學校突然要辦演唱會，有人拜託我換班……」

「我也是這樣呢。」

在演唱會的消息公布出來之後，有個輪值時間剛好跟演唱會衝突的學妹衝過來，以「拜託妳，我什麼都願意做！」拚命央求雛跟她換班。

聽到雛回應「我ＯＫ喲」，對方感激涕零地塞了一堆章魚燒兌換券、鬼屋免費入場券之類的優惠券給她。看來這個學妹是真的很想去看演唱會吧。

「所以……妳現在……有空嘍？」

「算是吧。」

「那個啊……雛。」

「什麼事？」

「我們一起到處逛逛吧。」

「咦！」

聽到虎太朗突然提出這樣的要求，雛吃驚地望向他。

「反正妳休息時間是一個人吧？」

心跳之所以變得莫名劇烈，是因為虎太朗的緊張傳染給自己了嗎？

「是可以啦……」

猶豫半晌後，雛悄聲這麼回答。

（畢竟是……難得的文化祭嘛……）

「那要從哪裡開始逛？」

虎太朗的表情頓時開心起來，嗓音也變得很有活力。

「體育館那邊好像有不少攤位……如果妳有想逛的地方，就先從那裡……」

「嗳，要從哪裡開始逛～？」

「咦～哪裡都可以啊。就去妳想去的地方吧！」

「啊，好像有幫人算命的攤位呢。我想去看看～！」

牽著彼此的手、狀似親密的一對男女學生，開心地從虎太朗和雛的身旁走過。

聽了他們的對話，雛「嗚……」地露出尷尬的表情。

發言也卡在「就先從那裡……」的虎太朗，默默目送著那對男女學生離去。

（這樣……或……或許感覺很像在交往呢……）

雛的臉頰一瞬間漲紅。

「不然，去吃可麗餅之類的……妳很喜歡可麗餅對吧！」

虎太朗焦急地這麼開口，然後抽出插在後腰皮帶裡的文化祭宣傳小冊子。

「啊！噯噯，那裡有賣可麗餅的攤位呢～！」

「真拿妳沒辦法耶～妳想吃的話，我們就過去吧。」

剛才那對男女學生，還在走廊的另一頭開心地對話。

他們的發言傳入耳中後，雛的雙肩開始微微顫抖。

虎太朗也變得更不知所措了，還不小心把攤開的宣傳小冊子掉到地上。

（這……這果然～～！）

不管怎麼想，這都像是交往中的情侶會有的對話。

「要……去哪…………」

將宣傳單撿起來的虎太朗朝雛瞥了一眼。

「別一副好像男朋友的樣子啦！」

雛忍不住這麼大聲吶喊，氣呼呼地鼓起腮幫子。

「妳……妳幹嘛突然大吼啊！」

或許是嚇了一跳吧，虎太朗的上半身微微往後仰。

（雖然……我也不討厭這樣……）

為了掩飾自己滿臉通紅的反應，雛轉身邁開步伐。

虎太朗則是一臉困惑地杵在原地。

「不是要一起逛嗎？我要丟下你嘍！」

看到雛轉頭這麼說，虎太朗輕輕吐出一口氣，趕到她身旁。

他的嘴角帶著笑意。

「妳想去哪裡逛？」

「高一班級的鬼屋吧。我之前跟日和約好了……不過，如果你會怕的話，在外面等我也可以喲～～」

「我完全不會怕！……雛，妳才是咧，其實妳很怕鬼屋對吧～？」
「我跟小夏一起看過很多恐怖片，才不會怕呢～！」
兩人一如往常地一邊互相調侃，一邊往前走。

「那兩個傢伙……是不是在交往啊？」
聽到有人這麼議論，讓笑容從雛的臉上褪去。
「虎太朗～你要跟瀨戶口一起逛嗎～？」
班上的男孩子提高音量這麼問道。
他們或許沒有惡意吧，純粹覺得這麼做很有趣罷了。
儘管明白這一點——

「我不喜歡……聽別人這樣起鬨呢……」
雛不禁這麼輕喃。
她明明只是跟虎太朗在一起而已。
（對喔……因為我討厭這樣……所以變得不常跟虎太朗一起行動……）

在雛開始垂下頭時，虎太朗突然一把拾起她的手。

雛像是觸電那樣猛地抬起頭。

「隨便你們怎麼說啦～我就是想跟雛一起逛。」

虎太朗以坦蕩蕩的表情這麼宣言，然後露齒燦笑。

感受到自己的手開始發燙的瞬間，雛明白自己的心跳也跟著加速。

「你……你……在想什麼啦，笨蛋——！」

她滿臉通紅地舉起拳頭。

「是我錯了啦！嗚哇，雛，別真的發火啊！」

虎太朗連忙轉身作勢逃跑。

「給我站住！」

雛生氣地大喊，從後頭追了上去。

「就說是我錯了嘛！」

嘴上這麼說，但轉過頭來的虎太朗，臉上帶著十分開心的笑容。

「好啦，那邊超速的兩位，停下來～然後朝右側靠攏～！」

發現在走廊上奔跑的雛和虎太朗後，同樣在走廊上的明智老師將擴音器靠上嘴邊這麼開口。

從擴音器上頭清楚寫著「電影研究社　芹澤春輝」幾個字這點看來，那大概是春輝留下來的道具吧。

雖然老師仍是一如往常的白袍打扮，但或許是為了配合高一學生的扮裝主題吧，他的臉上化了看起來像是科學怪人的妝，還貼上貼紙增加相似度。

或許是應學生要求而這麼做的，不過，老師本人看起來似乎也樂在其中。

「抱歉啦，老師！」

虎太朗這麼回應，然後卯足全力從明智老師面前跑過去。

雛也在低頭以「不好意思！」向老師賠罪後，繼續拔腿追趕虎太朗。

回過神來的時候，兩個人已經笑成一團。

來到走廊的盡頭，這裡幾乎看不到其他學生的蹤影。

在這片靜謐之中，雛氣喘吁吁地停下腳步。

因為跑得太快，她停下來時踉蹌了幾步，結果被虎太朗伸出手攙扶。

維持這樣的姿勢放聲大笑片刻後，剛才被男同學揶揄而帶來的不快感，也跟著消失無蹤。

「雛……妳果然還是露出笑容比較好。」

「……咦？」

「我的意思是，比起沮喪或憤怒的表情……笑容最適合妳。」

虎太朗垂下眼尾，以溫柔的笑容這麼說。

為了藏住自己瞬間漲紅的臉頰，雛別過臉去。

「這種事……我也知道呀！」

忍不住脫口而出的，仍是這種逞強的發言。

臉好燙——

心跳聲彷彿在全身上下迴盪。

「走吧，雛。」

朝雛一笑之後，虎太朗步下階梯。

「嗯……」

雖然這麼輕聲回應，但雛的雙腳沒有離開原地。

心跳依舊劇烈不已。不斷傳來的怦通怦通聲，甚至讓她覺得很舒服。

（虎太朗他……不會改變吧……）

因為比賽輸了而意志消沉的那天、失戀的那天，還有歡送戀雪畢業的那天。

每當雛感到心酸難過的時候，虎太朗總會一直陪在她身邊。

不管別人怎麼說，明明不要去在意他們的閒言閒語就好了。
但雛卻做不到，也無法變得坦率。

從校內廣播傳來的樂聲，在一片熱鬧的走廊上迴響。
這是今天將會在演唱會上表演的ＬＩＰ×ＬＩＰ的曲目之一。
高一班級的走廊上傳來一陣「呀啊～！」的歡喜尖叫聲。

聽著這樣的聲音，雛微微垂下頭。
其實，她很想把這句話傳達出去——

「謝謝你……」
她以泛著笑意的唇瓣輕喃。

（對不起，我總是愛逞強——）

hero 4

～英雄4～

對不起，我總是愛逞強。

hero 5～英雄5～

★✡+hero 5～英雄5～✡★✧

在十一月即將進入尾聲時，包含雛在內的高二學生前往京都隔宿旅行。
這趟旅行為期三天，是前往京都市內各大觀光名勝遊玩的招牌行程。
因為適逢楓葉季，搭乘新幹線來到京都車站後，到處都擠得水洩不通。
眾人魚貫坐上學校安排的遊覽車，往觀光據點移動。
車上的女性車掌開始為大家介紹車窗外的五重塔，不過，學生們聊天聊得興高采烈，似乎都沒有聽進去。
遊覽車在壅塞的車陣中前進，最後終於抵達了清水寺附近的停車場。
接下來是自由行動的時間，學生們紛紛踏入位於石子坡道兩旁的伴手禮店。
（要買什麼伴手禮帶回去呢……爸媽的話買點心就可以了……然後是哥哥跟小夏……

還有社團的學姊們……我也想買點什麼給日和呢。再加上還有其他學妹……）

雛一邊思索，一邊東逛西逛的時候，亞里紗的身影映入她的眼簾。

她站在以縐緞做成的小型裝飾品的專賣店外頭，似乎在沉思著什麼。

雛「咦」了一聲之後朝她走去。

「亞里紗，妳要買什麼嗎？」

雛的聲音讓亞里紗嚇了一跳，她整個人抽搐了一下。

她在看的似乎是縐緞材質的小型黑貓擺飾。

黑貓脖子上的鈴鐺和領結，分別有兩款不同的顏色，亞里紗一手捧著一款，正在細細端詳比較。

「是要買給誰當伴手禮嗎？」

「我……我只是看看而已！」

這麼回答後，亞里紗迅速將擺飾放回架上，一張臉不知為何紅通通的。

「這很可愛啊……」

說著，雛注意到一旁的黃色小雞擺飾，忍不住表示：「啊，這個也好可愛喔。」

小雞有著胖嘟嘟的體型，圓滾滾的一雙眼睛也十分惹人憐愛。

（要買這個送日和嗎……啊！但這邊這款兔子也好可愛喔。）

正當雛猶豫不決的時候，健、幸大和虎太朗從下坡處走上來。

最先注意到雛和亞里紗兩人，並向她們打招呼的人是健。

「亞里紗～瀨戶口同學！」

這麼開口後，他笑咪咪地揮著手走過來。

聽到他的聲音，亞里紗「嗚……」一聲露出尷尬的表情。

「亞里紗？」

「我先走了！」

語畢，亞里紗快步往上坡的方向邁開步伐。

「咦～……？亞里紗為什麼逃走了啊？」

走到雛的身旁後，健望著亞里紗離去的背影，表情看起來相當遺憾。

接著，他望向店內，轉而露出「喔！」的興奮表情。

他捧起亞里紗剛才細細研究的那款黑貓擺飾。

「柴崎同學，你也喜歡黑貓嗎？」

雛有些意外地問道。

「因為跟我家養的貓很像呢。」

笑著這麼回答後，健捧著兩隻鈴鐺和領結不同顏色的黑貓擺飾，朝店內走去。

慢了半拍出現的虎太朗開口問：「雛，妳在這裡幹嘛？」

一旁捧著相機的幸大，則是喀嚓喀嚓地不停拍攝周遭的風景。

「妳剛才跟高見澤同學一起逛嗎？」

放下相機後，幸大這麼詢問雛。

「不，也不算是啦。」

「話說回來……柴健跑哪兒去了？」

突然察覺到這一點的虎太朗四處張望。

「他走到店裡面買東西了。」

「那傢伙真是的……」

虎太朗將手扠上腰間嘆了一口氣。

片刻後，採購完畢的健心情大好地走到店外。

「久等啦～！」

「柴健，你買了什麼嗎？」

看到柴健手上拎的紙袋，幸大好奇地問道。

「嗯～……買了一點小東西。」

健這麼含糊帶過，接著望向雛笑了笑。

（啊，原來如此……）

回想起亞里紗的表情，雛的臉上不禁也浮現笑意。

「瀨戶口同學，位於這個坡道上方的神社，聽說祭祀的是能保佑戀情開花結果的神明

喔～！走吧！」

健笑容滿面地指著坡道上方這麼說。

「咦！保佑戀情開花結果？」

雛的聲音聽起來有些慌張。

下一刻，虎太朗不經意和她四目相接，隨即又尷尬地移開視線。

「我不用了啦！保佑戀情什麼的……」

「走嘛走嘛～噯，虎太朗，你們也一起來啊～！」

「喂！柴健，你不要擅自行動啦。之後還要到處找你，很麻煩耶！」

看到健逕自往上坡走，虎太朗不禁追了上去。

「到底在亢奮個什麼勁啊……」

站在雛身旁的幸大沒好氣地這麼輕喃後，又舉起相機開始拍照。

和雛同班的女孩子們，聚在神社授予所旁抽占卜戀愛的紙籤。
這間神社以保佑戀愛開花結果聞名。大家或許都有想要許願的對象吧。
雛獨自佇立在鳥居旁，悄悄取出剛才塞進口袋裡的紙籤。

此情此意，無疾而終——
紙籤上頭是這麼寫的。

「妳是在占卜自己跟誰的戀情啊……」
聽到聲音，雛慌慌張張地將紙籤藏起來。
亞里紗不知何時出現在她身旁。
「我……我沒有在占卜……跟誰的……」

只是因為看到大家很開心地抽籤，所以，她也不自覺地抽了一張。
雛垂下頭，緊緊握住藏在掌心裡的紙籤。

「……既然會後悔，不要抽不就好了嗎？」

「亞里紗……妳有去抽籤嗎？」

「我怎麼可能去抽呢。我也沒有想要占卜的事情。再說，凡事都得自己想辦法，不然不可能解決啊……」

語畢，亞里紗便獨自快步離開。

雛嘆了一口氣，再次望向掌心裡那張被揉得皺巴巴的紙籤。

抽這支籤時，她的腦中浮現的是——

「綁在樹上再離開吧……」

雛這麼自言自語，然後轉身走回神社。

跟健、幸大一起行動的虎太朗，在發現雛之後來到她的身邊。

「雛，妳抽籤了啊？」

被他這麼一問，雛將紙籤綁在樹枝上的動作停頓了一瞬間。

將紙籤綁緊後，雛轉過身，朝虎太朗堆出笑容。

「好啦……走吧。大家都在等呢。」

說著，雛便快步離去。留在原地的虎太朗，以有些疑惑的眼神眺望她走遠的背影。

抵達這天住宿的旅館後，雛應班上女同學的邀約，跟她們一起去泡旅館附屬的溫泉。

燈光落在圍繞著這座露天溫泉的青竹和岩石上。

太陽早已西下的現在，細細的彎月朦朧地浮現在夜空之中。

這個時間來泡露天溫泉的，就只有雛和班上的女孩子而已。

泡在熱水裡的眾人，聊戀愛話題聊得十分起勁。

「籃球社的學長？啊~嗯，我覺得可以。不但個子很高，笑容又很棒！」

「那麼……榎本同學怎麼樣？」

聽到其中一個女孩子隨口道出虎太朗的名字，在溫泉一角傾聽眾人對話的雛心驚了一下。

「但榎本同學他……已經……對吧～……」

說著，女孩子們對雛投以意味深長的視線。

「咦！什……什麼？為什麼要看向我這邊？」

雛慌慌張張地這麼詢問後，女孩子們開始帶著不懷好意的笑容朝她靠近。

看來，她們似乎打算把雛捲入戀愛話題之中。

「因為讓人很在意嘛～……實際上到底是怎麼樣？」

其中一名女孩子湊過來，緊貼著雛這麼問道。

周遭的其他女孩也點頭如搗蒜。

「妳問怎麼樣……但也沒怎麼樣呀。」

「文化祭那時候，大家都在傳妳跟榎本同學兩個人一起逛的事情耶～」

「對啊對啊！難道妳跟他告白了？還是他跟妳告白了？」

面對以倍感興趣的眼神盯著自己的這群女孩子，雛擺出想要逃跑的架勢。

不過，眾人將她團團包圍，所以她無法離開這座露天溫泉。

「都說了，我跟虎太朗只是普通的青梅竹馬嘛！」

「咦～絕對不只是這樣而已吧？我今天也看見妳跟榎本走在一起耶～」

「啊，我也看到了。我看到你們兩個一起在店裡挑選點心！」

「我們只是一起在挑選要買回去給我爸媽，還有虎太朗家的伯父伯母的伴手禮而已呀！」

雛手忙腳亂地回答。

然而，這答案卻讓同學們先是面面相覷，接著一起發出「喔喔————！」的驚呼。

「兩個人一起採買要送給彼此雙親的點心……這已經不是學校的隔宿旅行了吧！」

「這算是蜜月旅行了吧！」

聽到女孩們這麼說，雛滿臉通紅地反駁：「就說不是了嘛～！」

（真是的——！為什麼！每個人！都馬上說這種話呢——！）

「如果～榎本同學對妳告白的話……妳會怎麼回答他？」

被這麼一問，雛瞬間噤聲。

「虎……虎太朗不會說這種話啦……」

她以曖昧的笑容敷衍帶過，然後讓脖子以下的部位完全沉入溫泉之中。

（從過去到現在，他從來也……沒對我說過這種話啊……）

「妳們繼續泡沒關係嗎？ＬＩＰ×ＬＩＰ的電視特別節目好像馬上要播出了吧？」

聽到這個聲音，雛抬起頭，發現亞里紗朝溫泉池走來。

其他女孩子們再次面面相覷，然後發出「啊——！」的驚叫聲。

「對喔！我得趕快去看勇次郎才行——！」

「愛藏——！」

女孩子們七嘴八舌地起身，一起離開了露天溫泉。

待更衣室的嘈雜人聲消失後，這一帶突然變得安靜無比。

「……啊，特別節目是明天才對呢。」

亞里紗像是突然想起那樣輕喃，以腳尖輕觸溫泉試水溫，接著整個人泡進去。

「難道……妳是故意誤導她們？」

「因為這樣，現在安靜多了吧？」

亞里紗露出有些壞心眼的笑容這麼回答。

總是把一頭長髮綁成雙馬尾的她，今天紮了一顆包包頭來泡澡。

現在，露天溫泉裡就只有這兩人。

雛先是愣愣地望著亞里紗的側臉，接著噗哧一聲笑出來。

「亞里紗，妳的個性真的很糟糕耶。」

接著，她悄聲表示：「不過，謝謝妳……」

想必是雛困窘的模樣，讓她實在看不下去了，所以才會從旁伸出援手吧。

「……因為我想好好泡個澡……」

亞里紗別過臉這麼回應。

「大家聊天的時候……總是會馬上扯到戀愛的話題。到底是為什麼呢……」

文化祭結束後，雛總覺得大家好像被什麼沖昏了頭，總是一股腦兒地聊戀愛的話題。最近，好像也出現了很多對剛開始交往的情侶。她這陣子時常看到有男同學和女同學放學後一起回家。

整個班級醞釀出來的這種氛圍，讓雛有種坐也不是、站也不是的感覺。這次的隔宿旅行也是。感覺大家的心情都躁動不已，總是在意著某個特定的對象。

「因為明年就得準備大考了……大家或許都想趁現在談一場戀愛吧？」

「那……妳呢，亞里紗？」

「我……我才沒有這種發花痴的閒工夫呢！」

亞里紗皺起眉頭，以有些亂了方寸的語氣回應。

「我是說畢業後的出路啦。我以為妳已經決定好了……」

（雖然我也有點在意她跟柴崎同學的發展……）

「……是決定好了啦……」

「是喔！」

「算是吧……」

「妳連要念什麼科系都決定了嗎？」

「等到高三再手忙腳亂地做打算，就太遲了吧。」

「妳要……念什麼系？」

「……法律系……」

猶豫半晌後，亞里紗小小聲這麼回答。

「咦！是喔？那你們家的神社呢？」

（是不是……要另外找繼承人啊？）

「……要是有這方面的問題，我爺爺應該會想辦法解決吧。」

接著，亞里紗像是不打算繼續聊這個話題似的沉默下來。

（這樣啊。已經得開始思考畢業後的事情了嗎……）

雛茫然地眺望著旅館的庭園。

不知來自何處的鈴蟲鳴叫聲，隨著陣陣晚風傳來。

（我……又有什麼打算呢？）

雛凝視著浮在水面上的竹葉這麼想著。

順著水流旋轉了幾圈後，竹葉最後漂到了溫泉的一角。

在雛換上浴衣、踏出更衣室後，其他人或許都已經回房間了吧，走廊上一片靜悄悄的。

大概是因為接近晚餐時間了，方才早一步離開溫泉的亞里紗也不見人影。

連接建築物的走廊上，蠟燭的火光隨風搖曳。

讓人心情平靜的悠揚琴聲從擴音器傳來。

這時，雛發現了獨自倚著走廊扶手發呆的虎太朗。

「……虎太朗，你在做什麼？」

雛這麼詢問後，虎太朗抬起頭望向她。

「妳問我在做什麼……」

「難道你在等我？」

或許是說中了吧，滿臉通紅的虎太朗別過臉去。

「……對啦。」

雛來到虎太朗的身邊，同樣靠在扶手上。

總覺得心情有些浮躁的她，不自覺地緊緊握住自己的手。

他是青梅竹馬虎太朗，是自己比任何人都更加了解的對象。

也是共同相處的時間比任何人都要來得長的對象。

事到如今——明明沒有什麼必須緊張的理由才對啊。

是因為剛才跟班上的女孩子聊過虎太朗的緣故嗎？

看到他在這裡等自己，讓雛有點心跳加速。

「雛……那個啊……」

「嗯……」

虎太朗和雛沒有看著彼此說話，而是各自望著不同的方向。

「今天晚上。」

虎太朗在猶豫片刻後開口。

他的一雙眼睛筆直看著前方。

「今天晚上？」

「能出來一下嗎？」

「……可以啊。」

「我……」

「什麼？」

「有話要跟妳說。」

「……我會聽的。」

怦通、怦通——雛確實感受到自己的心跳逐漸變快。

她朝虎太朗望去，虎太朗也在同一個時間點望向她。

不知何時，琴聲消失了。變得靜謐的走廊上，腳邊的燈光微微搖曳。

「雛～我們先走嘍～」

從走廊另一頭傳來的女孩子呼喚聲，讓雛猛然回神。

在走廊上等著的，是一群已經換上浴衣的同班女同學。

或許是晚餐時間到了吧。

「嗯……嗯！」

雛出聲回應，抬起原本倚著扶手的身體。

「……那……晚點見嘍。」

雛沒能好好看著虎太朗的臉說出這句話，轉身朝女同學們跑去。

「如果～榎本同學對妳告白的話……妳會怎麼回答他？」

回想起這句話，雛不禁將手貼上自己的臉頰。

原本暴露在晚風中而變得冰冷的臉頰，現在卻發燙不已——

hero5
～英雄5～

你跟瀨戶口實際上進展得如何？
什麼進展……沒有進展啦。
CwHW

hero 6 ~英雄6~
隔宿旅行

hero 6 ～英雄6～

虎太朗一個人倚在連接兩棟建築物的走廊上，盯著自己的手機畫面瞧。

從走廊上經過的學生們的交談聲，不知何時變得愈來愈遠，然後完全消失。

『我在剛才那個地方等妳……』

傳送過去的這則訊息，雖然顯示為已讀，但仍未收到任何回應。

「你放棄吧——」

健的這句話從虎太朗腦中閃過。

晚餐時間前，虎太朗在房裡和健、幸大一起玩撲克牌打發時間。

班上的男生都早一步去泡露天溫泉了，現在只剩下他們三個。

「你跟瀨戶口實際上進展得如何？」

玩抽鬼牌的時候，健突然這麼開口問。

「什麼進展……沒有進展啦。」

這麼回應後，虎太朗從幸大的手牌裡抽走一張牌。

一如所想，那張是鬼牌。他不禁垮下臉。

他將鬼牌混入自己的手牌，再把整副牌朝健遞出去。

「你有對瀨戶口說過嗎～？」

「說什麼啦……」

「告白。」

伸手抽牌的同時，健朝虎太朗瞄了一眼。

「哪可能啊！」

紅著一張臉回應後，健將成對的牌扔向一旁，笑著表示：「我想也是啦～」

「……你為什麼不告白？」

沒想到連幸大都這麼問，虎太朗頓時變得說不出話來。

「你問為什麼……因為這種事……」

他並不是沒想過要跟雛告白。

只是，虎太朗總找不到適當的時機，所以一直沒能開口。

我喜歡妳——

明明就只是這樣一句話而已。

（反正她應該也已經知道了吧……）

就連健跟幸大都看出來了，身為青梅竹馬的雛不可能沒發現。

事到如今，不用告白也沒關係吧——虎太朗同時也有這種想法。

「真虧你能這樣一直忍耐耶～……默默在一旁守護對方什麼的……我絕對，做不到啊～」

健把成對的手牌扔掉，一臉開心地表示：「喔！我第一名。」

「是柴健你太纏人了吧。」

說著，幸大從虎太朗手中抽走牌，然後同樣把成對的手牌扔掉。

看樣子他是第二名。

「就是啊。要是被高見澤討厭，我可不管你喔。她每次都找我抱怨你耶……」

虎太朗嘆了一口氣，把手中僅剩的鬼牌扔在地上。

健先是圓瞪雙眼，接著將雙手交握在腦袋後方笑道：

「心意這種東西……不說出口的話，沒辦法傳達出去喔。」

說著，他對虎太朗投以調侃的眼神。

「不過，你的情況，是就算什麼都不說，也都會從態度表露無遺呢，超級好懂的。」

「……這樣有什麼不好啊！」

「既然如此，為什麼還是沒能傳達給瀨戶口呢？」

健將手臂搭上虎太朗的肩膀，整個人倚在他身上。

「我哪知道啊……」

「難道～瀨戶口還對那個什麼學長戀戀不捨？不過，畢竟女孩子都會很珍惜初戀嘛～瀨戶口看起來也喜歡年紀比自己大的。她眼中八成完全沒有你呢～」

「這樣也無所謂啦，我……！」

「你放棄吧。沒希望的啦。」

健笑著這麼說。

「很抱歉，我這個人就是不喜歡放棄！」

「那你為什麼不告白啊？」

「我是……因為……！」

「不要逃避了，虎太朗。」

說著，健突然露出一臉認真的表情。

此刻，他的眼中不見平常那種總是開玩笑帶過話題的神色。

「……我哪有逃避啊……」

「我說啊～你只是怕被她拒絕而已吧？」

「我不是……」

「如果瀨戶口又喜歡上別人，你也打算只在一旁看著嗎？就像那個什麼學長的時候一樣？這樣……可一點都不帥氣喔。」

健以認真的眼神凝視著虎太朗。

「……我覺得這樣子，可無法讓瀨戶口正眼看待喔。」

健這麼一說，虎太朗完全無法反駁。

因為他也認為完全就是健說的那樣。

「逃避」一詞，還有說他只是害怕被雛拒絕的指摘。

反正自己的心意應該已經傳達出去了。

所以，就算沒有確實說出口也無所謂——被健這麼當頭棒喝，虎太朗才察覺到自己心底其實有著這樣的想法。

他以為這樣的話，有一天——雛總會轉過來好好看著自己。

得說出口才行——

在走廊上等待雛時，虎太朗這麼想著。

「雛她……應該會來吧？」

他盯著無人回應的訊息這麼自言自語。

接著，虎太朗收起手機，以雙手撐著扶手，仰頭望向走廊的天花板。

（她應該知道……我要跟她說什麼吧……）

他回想起比賽前的那種緊張感。

這讓虎太朗有些不安，握著扶手的雙手也不自覺地使力。

一年前——

他看著雛在校舍出入口把情書遞給戀雪。

「我喜歡你。」

他聽到雛以略微顫抖的嗓音，對戀雪說出這句話。

然而，她竭盡力氣想要傳達給戀雪的心意，似乎沒能順利傳達出去。

不，或許有傳達出去也說不定。

只是，那時的戀雪恐怕沒有餘力去接受雛的這份心意。

因為那天，也是暗戀夏樹的他失戀的日子。

虎太朗還記得，在學校大門旁等待雛的他，看到她低垂著頭走過來。

回家路上，雛強忍著想要放聲大哭的衝動，只是緊緊咬住下唇，不停抹去持續從眼中溢出的淚水。

面對這樣的雛，虎太朗說不出半句話——只能默默地走在她身旁。

別哭了啦。

我在妳身邊啊。

妳還有我啊。

儘管內心這麼想，他卻無法將這些心意化為言語——

雛傷心哭泣時，只能在一旁乾瞪眼——這種事他絕不想經歷第二次。

他絕對不會讓雛難過，也不會讓她落淚。

無論遇到多麼痛苦的事，他都會讓她展露笑容。

所以——

「……對不起，我來晚了。」

雛從走廊的另一頭跑過來，然後這麼開口。
走到虎太朗身邊後，她以手按著胸口吐出一口氣。
虎太朗緊張地將掌心握成拳頭。
響亮的心跳聲，彷彿在催促他快點行動。
「那個啊，雛……」
在他下定決心這麼開口時。
雛直直望向虎太朗，道出這麼一句話。
「我有喜歡的人了。」
那是道平靜又沒有半點迷惘的嗓音。
她睜著一雙帶點水氣的眸子，緩緩朝虎太朗微笑。
「我一直都喜歡著他。」
她稍微壓低音量，再補上這一句——

彷彿早已看穿了虎太朗的心意，以及他接下來打算說的話。

所以，虎太朗沒能繼續往下說。

只是將原本想好的台詞、做好的決心，全都一起緩緩嚥下喉。

「是……」

虎太朗望著天花板開口。

「是嗎……說得也是喔……」

「虎太……」

「妳……原本就一直喜歡著他嘛！不可能……這麼輕易就放棄啊……每個人……都是這樣的吧……」

（我明明知道……）

「我……無論何時，都會站在妳這邊……不管發生什麼事都一樣……」

虎太朗竭盡所有的力氣這麼說。

他勉強擠出一張僵硬的笑容，然後低垂著頭從雛身旁走過。

他一邊快步離去，一邊將雙手緊緊握拳。

（明明早就知道了啊……）

已經打烊的販賣部周遭相當昏暗。

只剩設立在大廳一角的自動販賣機的燈光照亮這一帶。

虎太朗將硬幣塞入投幣口，再按下按鈕。

待瓶裝飲料罐叩咚一聲落下，他彎下腰將手探進取物口。

他原本打算買熱咖啡，但不知為何，掉下來的卻是冰鎮到透心涼的汽水。看樣子，大概是剛才恍神按錯按鈕了吧。

嘆了一口氣之後，虎太朗發現有人來到他身邊。

他轉頭一看，是身穿浴衣的亞里紗。

她把硬幣投入自動販賣機，按下熱咖啡的按鈕。

「高見澤……」

「喝那種東西的話，會讓身子變冷喔……」

她拾起落下來的咖啡罐，說了一聲「給你」然後遞給虎太朗。

「好燙！」

忍不住這麼喊出聲的虎太朗，連忙改用浴衣的袖子包住咖啡罐。

接著，亞里紗取而代之地從虎太朗手中抽走他剛才買的那瓶汽水。

「……妳不是說喝這個會讓身子變冷嗎？」

「我剛泡完澡，所以喝這個剛剛好。」

她總是紮成雙馬尾的一頭長髮，現在是放下來的狀態。

或許是頭髮還沒乾透吧，亞里紗手上仍捧著毛巾。

「高見澤，說來說去……其實妳還挺溫柔的嘛……」

虎太朗露出一道虛弱的笑容，拉開咖啡罐的拉環。

「……你原本不知道啊？」

亞里紗這麼回應，然後和虎太朗肩並肩倚在自動販賣機上。

兩人的對話至此中斷。

亞里紗望著電梯的方向，輕輕搖晃手中的寶特瓶。

「……妳不回房間沒關係嗎？」

「就算回去了，也只是聽其他人吵吵鬧鬧而已……倒是榎本，你沒關係嗎？」

「反正回房間也沒事做……」

現在，其他男同學應該正在房裡大鬧特鬧吧。

虎太朗實在沒那個心情跟他們一起瘋，所以才選擇出來外面打發時間。

「我不是說這個……」

虎太朗將咖啡罐湊近嘴邊，朝欲言又止的亞里紗瞄了一眼。

「你跟雛之間……發生什麼事了吧？」

「沒有啊……哪有發生什麼事。」

嚥下咖啡後，虎太朗緩緩放下飲料罐。

「騙人。」

「妳也太愛管閒事了吧。柴健可是到處在找妳耶，沒關係嗎？他幹勁十足地說要去女生房間找妳玩喔～」

「幫我轉告他，要是他這麼做，我會去報告老師。」

亞里紗的眉心浮現皺紋。

虎太朗輕笑幾聲，接著嘆了一口氣。

「不過，這果然……還是挺難受的啊～……………」

說著，他用力伸了一個懶腰。

「你……跟雛告白了……？」

「嗯────……沒有。」

虎太朗放下雙臂，將還殘留著餘溫的咖啡喝完。

「那就……還不知道答案吧？你要放棄嗎？」

亞里紗對他投以擔心的眼神。

虎太朗只是回以一個曖昧的笑容，並沒有正面回答這個問題。

他轉身將咖啡空罐扔進自動販賣機旁邊的垃圾桶裡。

「我還是回房間好了……妳也回去吧，高見澤。要是一直在外面亂逛，泡暖的身子會變冷喔。」

「咦……………榎本！」

原本打算朝電梯走去的虎太朗，因為亞里紗的這聲呼喚而停下腳步。

他轉過身，發現她以極為認真的眼神盯著自己看。

「你……不要這麼輕易就放棄啦……我從以前……就一直支持你到現在耶。要是你輕易放棄了……我會很困擾！」

「為什麼是妳會困擾啊？」

「會困擾就是會困擾！所以……你還是要好好說出口比較好！」

「高見澤……」

（可是……就算說出口也……）

「你……多少學一下……那個人的死纏爛打吧！不管我趕跑他幾次，他還是一直纏著我……不管對他說什麼，他都聽不進去……」

亞里紗紅著臉支支吾吾起來。

「高見澤……？我聽不懂……妳想表達什麼耶？」

「總之……你不能因為這種小事……就垂頭喪氣啦！你的心意就只有這點程度而已嗎？」

「我沒有垂頭喪氣……」

說到這裡，虎太朗忍不住笑出聲來。

（就是啊……我豈能因為這樣就放棄呢…………）

「很抱歉，我這個人就是不喜歡放棄！」

對健這麼放話的人，正是虎太朗自己。

但他卻——

「不過……託妳的福，我比較有精神了……謝嘍，高見澤。」

心情輕鬆許多之後，虎太朗笑著對亞里紗這麼說，結果後者迅速別過臉去。

「我並不是……在為你打氣……」

「說得也是喔。我得跟柴健學一下他死纏爛打的功力才行。」

「……要是你變成那樣，我反而覺得頭痛耶。」

兩人這麼說笑時，電梯門正好敞開。

裡頭的健在看到虎太朗後露出「咦？」的表情。

（該說他來得正好，還是來得不巧啊……）

虎太朗帶著苦笑看著健走出電梯。

「你在這裡幹嘛？」

這麼問之後，健將視線移往自動販賣機的方向。

亞里紗見狀，嚇得往後退了幾步。

「咦～！亞里紗，難道妳剛泡完溫泉出來嗎？」

健隨即露出心花怒放的表情朝亞里紗走過去。

「你不要過來！」

亞里紗已經一副準備逃跑的模樣，但健對她這樣的反應毫不在意。

「妳平常那種髮型很棒，但把頭髮放下來也很棒耶！」

「……你是笨蛋嗎！」

就算亞里紗瞪著他這樣大罵，健仍嘻皮笑臉地上前向她攀談。

他這種不屈不撓的精神，讓虎太朗不得不有些佩服。

印象中，還在念國中的時候，健並不是這樣的——

雖然經常有女孩子圍繞在身邊，但虎太朗幾乎不曾看過他執拗地跟某個特定的女孩攀談，或是追著對方到處跑。

身旁的女伴一個接一個換，臉上總是掛著有些虛假的笑容。

虎太朗也知道他偶爾會不經意浮現的、彷彿一切都無趣至極的表情。

這樣的健，是從什麼時候開始改變的呢——

虎太朗已經不記得確切的時間了。雖然不記得，總之，健不知道是吃錯什麼藥，在虎太朗發現的時候，就已經開始纏上亞里紗了。

儘管亞里紗總是對他很冷淡，健仍然愈挫愈勇，每次看到亞里紗的身影，就飛奔過去向她搭話。這樣的他，臉上沒有無趣至極的表情，而是一副真正樂在其中的模樣。

在高一生涯即將結束時，虎太朗甚至幾乎看不到健跟其他女孩子走在一起的光景了。

一開始，他還不解地想著「為什麼啊？」，不過——

虎太朗抬起一張神清氣爽的臉，以手按住即將闔上的電梯大門，然後鑽進電梯裡。

（因為是自己重視不已的人……所以才無法輕易放棄啊……）

打從一開始，「放棄」這個選項就不曾存在。

hero 7 ～英雄 7～

★ hero7～英雄7～ ★

在隔宿旅行結束後的十二月，天氣一下子變得很冷，到了午休時間，在外頭或頂樓吃午餐的學生也變少了。

另一方面，教室裡頭則變得很熱鬧。學生們聽著廣播社的午休廣播，陸陸續續從座位上起身，朝外頭移動。

有些人的目的地是福利社，有些人則是打算前往其他教室，跟社團成員一起吃午餐。

「虎太朗，我去福利社一趟～之後會去隔壁班吃午餐！」

從座位上起身的健揮揮手這麼說，接著便迫不及待地離開教室。

反正八成又打算去找亞里紗了吧。

「那傢伙真是……」

沒好氣地這麼咕噥後，虎太朗從書桌旁的勾子上拎起自己的書包。

他不經意地望向雛的座位，發現後者正要起身朝教室大門走去。

「雛，今天園藝社的活動……」

虎太朗這麼朝她搭話，雛的腳步一瞬間停下來。

然而，她沒有轉過頭來，直接小跑步離開了教室。

她應該有聽到虎太朗的呼喚聲才對——

（……雛……？）

他緩緩放下原本打算朝雛伸出，現在卻失去目標的那隻手。

隔宿旅行之後，雛一直是這樣。

每當虎太朗朝她搭話，她總是看似尷尬地別過臉去，然後從原地離開。

（她是……在躲我嗎……………？）

為什麼——

虎太朗滿心困惑地望向教室的出入口。

「虎太朗……？你怎麼了？」

拎著便利商店塑膠袋的幸大走過來。

「柴健呢？」

「……應該在高見澤那邊吧。」

「他還真是百折不撓耶。我們在教室裡吃嗎？雖然有點吵，但現在頂樓恐怕很冷……」

「抱歉……幸大，你先吃吧……」

虎太朗快步走向教室大門。

他在走廊上尋找雛的身影，但遍尋不著。

他轉而走向隔壁班，喀啦一聲拉開教室大門。

坐在附近座位上、正準備打開包裹便當的布巾的亞里紗，在看到他後喚了一聲「榎本」。

「你怎麼了？」

「……妳有看到雛嗎，高見澤？」

雛的好朋友華子，現在正和班上的女同學們一起圍著靠窗的座位準備開始吃午餐。

雛有時會來找華子一起吃午餐，但今天的預定似乎不是如此。

（她果然也不在這裡嗎……）

「你找她有什麼事嗎？」

亞里紗以有些擔心的表情問道。

「不……還是算了……抱歉喔，打擾妳吃飯……」

虎太朗無力地這麼回應後，便回到走廊上。

不在隔壁教室的話，說不定是在田徑社的社團教室。

儘管這麼想，但虎太朗不打算為了找她再跑一趟了。

聽著其他學生從身旁走過時的快活談笑聲，虎太朗在走廊上停下腳步。

會讓雛躲著他的理由，也只有一個。

「虎太朗……？」

虎太朗呆立在走廊上時，健提著裝著麵包的塑膠袋朝他走過來。

「你杵在亞里紗的教室外頭幹嘛？……啊，難道你是在找瀨戶口？我剛才看到她往校舍出入口……」

看到虎太朗沉默不語的反應，健皺起眉頭。

「……發生什麼事了嗎？」

「什麼都沒發生啦……」

虎太朗沒有望向他，只是盯著自己的腳邊邁開步伐。

「等一下啦，虎太朗！」

健追上來，一把揪住虎太朗的肩頭。

他罕見地露出一臉認真的表情。

「或許……真的像你說的那樣呢。」

虎太朗以自嘲的笑容這麼輕聲開口。
仍皺著眉頭的健，緩緩將手從他的肩頭抽回。

只能放棄了——
虎太朗將這句話吞回肚裡，垂著頭離開了現場。

＊ ＊ ＊

在中庭的長椅上一屁股坐下後，虎太朗眺望著眼前的花圃。
能在現在這個季節盛開的花卉，大概只剩三色菫了。
紫紅色和藍紫色的花瓣在寒風中輕輕搖曳。

「明年春天……要來種什麼好呢……」
湧現這個想法後，虎太朗不禁為這樣的自己露出苦笑。
戀雪過去都種了些什麼呢？

在中庭的花圃一角，虎太朗跟雛像去年那樣，將鬱金香的球根埋入泥土裡。

那些球根想必會在春天降臨時發芽，在學長姊們畢業時綻放花朵吧。

「一年過得好快喔……」

雛微笑著這麼說，然後把球根一個一個埋進土裡。

那時的她，心裡在想些什麼呢——

即使不問，虎太朗也覺得自己大概能明白。

「我有喜歡的人了。」

（我知道。我也知道那不是我。）

「我一直都喜歡著他。」

（我也知道妳一直都無法忘記他。）

「就算這樣……」

將放在雙腿上的手握成拳頭的虎太朗，不禁再次露出苦笑。

放學回到家後，身上仍穿著制服的虎太朗走向客廳。

先回到家的姊姊夏樹，此時正好抱著雙腿坐在沙發上看電影。各種零食的袋子亂七八糟地散落在桌上，是很常見的光景。

「歡迎回來，虎太朗～」

以雙手捧著馬克杯的夏樹轉過頭來向虎太朗打招呼。

「我回來了……」

這麼回應後，虎太朗朝旁邊的飯廳走去。

或許是發生了什麼開心的事情吧，夏樹看起來心情極好地哼著歌。

虎太朗一邊聽著她哼歌，一邊打開冰箱。

「對了～虎太朗，聖誕節馬上要到了對吧！你有安排什麼活動嗎～？」

將零食接二連三送進嘴裡的同時，夏樹開口這麼問道。

「……沒有啊。」

虎太朗取出鮮奶，然後關上冰箱大門。

早上出門前，他將自己的杯子放在流理台旁的籃子裡。他取出杯子注入牛奶，咕嚕咕嚕地喝下。

去年，夏樹和優、虎太朗、雛四個人一起度過了聖誕夜。

他們兩家的父母，每年都會在這個時節相約去溫泉旅行。

所以，四個孩子一起度過聖誕節，成了榎本家和瀨戶口家的慣例。

不過，優在今年升上大學，夏樹也成為專門學校的學生。再加上這兩人又開始交往，所以，或許不會像去年那樣四個人一起過了吧。

「……反正妳八成會跟優一起去哪裡玩吧？」

「關於這個啊～……」

像是在賣關子那樣「呵呵呵」地笑了幾聲後，夏樹從沙發上起身，將雙手藏在身後來到虎太朗身邊。

「鏘鏘──────！」

這麼大喊的同時，夏樹亮出四張票。

「其實呢～我抽到了HoneyWorks的Premium Xmas Party的活動入場券了～！」

接著，夏樹又蹦蹦跳跳地表示「唉～我以為自己絕對沒有機會抽到票呢～！」，開心得只差沒拿入場券磨蹭臉頰。

（所以她才亢奮成這樣啊……）

看著高中畢業後依舊沒有改變的姊姊，虎太朗不禁「唉……」地嘆了口氣。

「所、以、呢！雛跟你、優，還有我，我們四個人去吧！之後再一起去吃飯～！啊，優說那一餐他會請客喔！」

夏樹滿面笑容地將上半身探進客廳和飯廳之間的吧臺這麼說。

看她不停擺動雙腳的模樣，抽到這次的活動入場券，或許真的讓她非常開心吧。

「……我不去……」

「咦！為什麼？你怎麼啦？有蛋糕可以吃呢！」

「冬天的大賽快到了，我想多加把勁練習啦。」

（再說……）

回想起雛刻意移開視線、和自己拉開距離，虎太朗的眉心擠出皺紋。

「……你們三個人去也可以吧？」

「咦～！難得我都抽到四張票了耶。」

「既然有多一張票，去約綾瀨就好啦。這樣雛也會比較開心……」

聽到虎太朗不悅地這麼回答，夏樹不解地歪過頭詢問：「你為什麼突然提到戀雪同學啊？」

「總之，我不去。」

「你在鬧什麼彆扭啦……啊，你又跟雛吵架了對吧～？真是的～拿你沒辦法耶～」

聽到夏樹的發言，虎太朗緊咬下唇，把杯子放進水槽裡，直接快步離開廚房。

「咦……！等等，虎太朗？」

關上大門隔絕夏樹困惑的嗓音後，虎太朗一語不發地跑上階梯。

隔天，在上古典文學課時，虎太朗以手托腮，呆滯地聽著明智老師的聲音。

他的視線落在雛的背影上。

眺望著窗外的她，似乎也是放空狀態。

窗外的天色很昏暗，感覺是霰就要轉化成雪花的天氣。

虎太朗將視線移向夾在古典文學課本裡頭的兩張票券。

今天早上，準備踏出家門時，難得早起的夏樹叫住了他，以一句「幫我把這個拿給雛！」硬是將票券塞過來。

要拿給雛的話，去拜託優不就好了嗎？

看到虎太朗板起臉孔咕噥「為什麼是我……」，夏樹露出擔心的表情回應：「你拿給她就對了！」

（都跟她說我不去了……）

虎太朗這麼想著，不禁又嘆了一口氣。

就算把票券交給雛，她絕對也只會回答「我不去」。

在這種尷尬的氣氛下，她不可能因為適逢聖誕夜，就拋開一切盡情玩鬧。這點虎太朗也一樣。

（不然……去拜託高見澤吧。）

只要虎太朗不去，雛應該就會邀別人同行。

這麼做的話，夏樹好不容易弄到手的活動入場券，也就不會浪費掉了。

（這樣一來，雛也能玩得比較開心……）

「榎本～請你把眼睛盯著看的對象換成課本吧～」

被人以課本輕敲腦袋後，虎太朗才猛然回神。

抬頭一看，明智老師不知何時已經站在自己身旁。

他連忙將票券藏到課本下方。

儘管應該也發現了這一點，但明智老師只是輕輕嘆了一口氣。

「好啦，注意老師這邊～」

這麼規勸其他笑出聲的同學後，明智老師一邊唸著課本上的內容，一邊走回講台。

為什麼……胸口刺痛著……

hero 8 ～英雄8～

我永遠都不會改變喔。

無論妳喜歡上誰。

★ hero 8 ～英雄 8～ ★

「我有喜歡的人了。我一直都喜歡著他。」

隔宿旅行那天，在旅館走廊上對虎太朗坦白這件事時，雛發現了。

原來——自己仍喜歡著他。

她理應已經放棄了才對。她理應已經確實整理好自己的心情才對。

然而，她根本沒辦法放棄。這樣的情感仍存在於胸中的某處。在雛的心中，仍有一個總是追尋著戀雪身影的自己。

察覺到這個事實的瞬間，她的淚水不自覺地湧現。

她明白虎太朗總是將自己的一切看在眼底。
也知道無論何時，他總是陪伴在自己身邊。
以及他一直以來，究竟是怎麼看待自己的。
她明明很清楚虎太朗的心意——

在期末考結束後，第二學期只剩下一星期就要結束了。
這天的課程結束後，班上的同學接二連三地起身，一邊開心討論著「要去社團嗎？」、「今天要不要繞去哪裡晃晃？」一邊離開教室。

（回去之前，得把黑板擦乾淨才行……）
雛想起自己是值日生，喀噠一聲拉開椅子站起來。
她走到講台上，以板擦擦掉黑板上的數學算式。
因為擦不到寫得比較高的板書，她試著努力踮起腳，結果一旁有人拿起板擦替她擦掉了那些字跡。

「謝……謝謝……」

她望向站在身旁的那個人，然後瞬間噤聲。

虎太朗望向前方，將板擦抵著黑板。

「那個啊……雛……之前那件事……妳不用在意啦……」

虎太朗壓低嗓音，以有些尷尬的語氣這麼表示。

這句話讓雛的胸口一陣刺痛，不禁別過臉去。

「為什麼你……就這麼……………」

雛悄聲輕喃，然後緊緊抿唇。

虎太朗帶著一張「咦？」的表情轉過頭來。

她沒辦法直視他的臉。

雛放下板擦，步下講台，直接朝教室大門走去。

「喂，雛……！」

即使虎太朗的呼喚聲傳入耳中，她仍堅持走出教室，快步在走廊上前進。

「等等啦，雛！」

虎太朗的聲音再次傳來，但雛沒有停下腳步。

來到階梯轉折處時，追上來的虎太朗一把揪住她的手。

「雛！」

她轉頭，發現虎太朗一臉憂心地望著自己。

看到他這樣的表情，感覺眼眶開始變得濕潤的雛連忙垂下頭。

儘管試著忍住淚水，一股溫熱感仍覆上她的雙眼。

「妳果然很在意隔宿旅行那時的事嗎？」

「不是……」

雛以哽咽的嗓音輕聲回答。

「不然，妳為什麼無精打采的？」
「這跟你沒有關係啦……！」
她無法抬起頭。
虎太朗也沉默了片刻。
走上階梯的其他學生，紛紛以「怎麼啦？」的眼神望向兩人。
等到其他人的腳步聲遠離後，虎太朗以「那時……」再次開口。
「湧現了想問妳奇怪問題的念頭，我也覺得自己不對……再說，我一直都明白妳的心意……所以，該說我並不在意嗎……妳也別在意了啦……」
聽著虎太朗斷斷續續的話語，雛緊緊揪住自己的裙子。
從雙唇之間流瀉出來的，是一句小小聲的「為什麼……」。
「總是……這樣？」
虎太朗不知該作何反應，只能愣愣地望著她。
「虎太朗……你怎麼都不會變呢……從以前……就一直……！」

總是會為她著想，也總是很溫柔。

這一點，雛其實也明白。

她知道虎太朗比任何人都更要溫柔——

「雛……」

「所以……！」

垂著頭緊咬雙唇的雛，甩開虎太朗的手衝下階梯。

一直忘不了那個人的自己。

一直無法放棄的自己。

以及溫柔的虎太朗——

因為他願意一直等待自己。

因為他一直都沒有改變。

所以，總有一天——

雛知道自己總有一天，會想要依賴他這份心意。

也知道這只是一種軟弱的表現。

來到中庭某個角落後，雛倚著校舍外牆癱坐下來。

有人來到自己身旁。就算不抬頭看，她也明白那個人是誰。

「你幹嘛……追過來啦……」

雛抱著雙腿屈膝坐在地上，將臉埋在膝蓋上小聲這麼問。

虎太朗一屁股在她身旁坐下。

「還用問嗎……當然是因為擔心妳啊。」

「你也知道我一直避著你吧？為什麼……你……不會有『就這麼算了』的想法呢……

一般人應該都會覺得厭煩啊……」

哽咽地這麼開口的同時，雛不禁緊緊揪住自己的制服衣袖。

「我才不會。」

虎太朗以強硬的語氣這麼回答後，又重新補上一句「絕對不會」。

「我知道妳很討厭我，也知道妳有喜歡的人，還有妳一直都喜歡著他……一直無法忘記他……」

「既然這樣！」

「我也一樣啊。」

聽到這裡，雛無法再反駁，只是稍微抬起低垂的頭。

「我永遠都不會改變喔。無論妳喜歡上誰。」

虎太朗坦率明瞭的這句話，彷彿緊緊掐住雛的胸口，讓她難受不已。

（你就是這種地方一直都……！）

坦率，而且絕對不會放棄。

看著這樣的虎太朗，就讓雛覺得自己很脆弱。

所以，她一直都——

感覺淚水又開始在眼眶裡打轉，雛不禁再次垂下頭。

就在這時候——

虎太朗微微傾斜上半身，將自己的臉靠近她。

「妳是全世界最可愛的。」

聽到耳畔傳來的這句輕喃，雛瞪大雙眼望向虎太朗。

「什麼…………！」

她不禁這麼開口，接下來卻說不出半個字。

虎太朗露出壞心眼的笑容表示：「逗妳的啦～」

或許是因為害臊吧，他的臉頰微微泛紅。

（咦！……是在……開玩笑……？）

換作是平常的雛，一定會生氣地大喊「真是的——！」抗議吧。

但現在的她，腦中卻一片空白，完全想不到能夠反擊對方的話語。

耳中只聽得到那劇烈得令人吃驚的心跳聲。

他只是一如往常地對她開玩笑而已。

她明明很清楚這一點。

對方明明是虎太朗啊。

雛迅速伸出手，按住一口氣開始發燙的臉頰。

她理應最討厭他才對。

他總愛捉弄自己，動不動就認真過頭，又超級孩子氣。
他的這些地方，她理應全都很討厭才對——

在雛沮喪失意時從旁加油打氣的人。
當雛哭泣時，總會坐在一旁靜靜等她哭完的人。
總是有辦法讓雛展露笑容的人。

這個人，一直都是他。
他——就是「我」的英雄。

怦然心動的感覺。
雛以雙手掩住變得紅通通的臉蛋，用力閉上雙眼。

（……我意識到他了。）

天空被夕陽染紅，雛一邊前進，一邊眺望著葉子幾乎已經掉光的櫻花樹。

「那個啊……雛。」

一直沉默地跟在身後的虎太朗突然在這時開口。

雛轉身，發現虎太朗停下腳步。

或許還在猶豫吧，他遲遲沒有開口，反倒是雛先開口問了：「什麼？」

「就是……聖誕節啊……」

「聖誕節？」

「可以請妳……跟我一起過嗎？」

虎太朗的語氣十分客套，跟他平時的說話方式完全不同。

他的臉很紅，也沒有看著雛，而是望向其他地方。

（剛才明明說得出那種話……）

看到虎太朗突然害臊的逗趣反應，雛不禁「呵」地笑出來。

「好啊。」

聽到她的回答，虎太朗吃驚地「咦！」了一聲。

「你為什麼這麼震驚啊？」

「……我以為……妳會拒絕……」

「那天要跟小夏還有哥哥一起去看演唱會吧？我聽哥哥說了。」

然而，虎太朗卻用「可以請妳跟我一起過嗎」這種引人遐想的說法詢問她。

其實，在那個瞬間，雛有些心跳加速——

「當天別忘記帶入場券喔。我可是很期待呢。」

語畢，雛將拎著書包的一雙手放在背後，朝前方踏出步伐。

「我知道啦。」

「真的嗎？總覺得讓人很不放心耶～」

「這麼不放心的話，入場券給妳保管就好了吧？」

這麼對話的同時，兩人在不知不覺中配合彼此的步伐，肩並肩一起走著。

一直不曾改變的兩人之間的距離。

現在，總覺得似乎拉近了那麼一些——

聖誕夜當天，在人聲鼎沸的演唱會現場，虎太朗、雛、夏樹和優揮動著手上的螢光棒，跟大家一起發出歡呼聲。

色彩繽紛的光束在室內晃動，震懾人心的歌曲和演奏，籠罩了整個會場。

在這般熱絡的氣氛包圍下，周遭的觀眾也一邊跳動一邊跟著唱。

伴隨最後一聲演奏而噴灑出來的銀色紙片雪花，讓所有人興奮地伸長手。

「超棒的——！」

「夏樹～別太激動啦，妳會跌倒喔～！」
一旁的優和夏樹開心的對話聲傳來。
「喔喔，好酷～……」
眺望著紛落的銀色紙片，虎太朗不禁這麼輕喃。
身旁的雛悄悄仰望他被燈光打亮的側臉。

「我永遠都不會改變喔。無論妳喜歡上誰。」

回想起他的這句話，雛的臉上浮現笑意。
她伸出手輕輕扯了扯虎太朗的衣袖。
發現她這麼做的虎太朗轉過頭來。雛將臉靠近他。

「——————！」
想要傳達給他的那句話，被周遭的人聲和舞台上的演奏聲淹沒，沒能確實傳達出去。
「什麼？」

虎太朗微微蹲低身子，提高音量這麼詢問雛。

「我說！謝謝你！」

雛踮著腳，使盡力氣這麼對他大喊。

或許是她的聲音終於傳達出去了吧，虎太朗看起來嚇了一大跳。

看到雛笑出來，表情顯得有些害臊的虎太朗也一起笑了。

epilogue ～終曲～

在五月某個天氣晴朗的日子，優和夏樹舉辦了結婚典禮。

身穿純白婚紗的夏樹，和穿著男性禮服的優一起步出教堂。兩旁的觀禮者紛紛朝他們拋灑花瓣。

白色、粉紅色、鮮紅色——色彩繽紛的花瓣乘著清爽的風，宛如雨點般落在兩人身上。

在眾人的掌聲和歡呼聲之中，夏樹開心地比出勝利手勢。

從這種小地方，可以看出她一直都沒有改變。

歡笑聲傳開來，讓優露出有些靦腆的表情。

以男方家人身分觀禮的雛，今天穿了一件綠色的小禮服。

為兩人送上掌聲的她，臉上自然而然地露出笑容。

穿著西裝站在她身旁的虎太朗，也笑著不斷拍手。

「那麼，我要扔嘍——！」

活力百倍地這麼宣言後，夏樹將握著花束的手舉高。

來觀禮的女性陣營發出興奮的驚呼聲。

接著，夏樹俐落轉身，用力將花束往身後一拋。

眾人朝著被拋過來的花束衝過去，伸長自己的手。

但花束越過了這群人，咚一聲落在早坂燈里的手上。

燈里手捧花束，吃驚地眨了眨眼。

她身旁的望月蒼太則是露出有些不知所措的表情。

「望太——加油啊——！」

聽到春輝這麼大聲調侃，周遭的人一起笑出聲來。

蒼太則是手足無措地表示：「咦咦！在這種場合叫我加油？」

雙頰泛紅的燈里，以花束遮住自己的臉。

「……請你多多指教。」

悄聲這麼開口後，燈里從花束後方微微探出頭，朝蒼太瞄了一眼。

蒼太隨即露出極為認真的表情，以直挺挺的站姿表示「我……我才要請妳多多指教！」，朝燈里一鞠躬。

看著這樣的蒼太，燈里露出在惡作劇的表情輕笑出聲。

眺望著這片光景的雛，悄悄將視線移向也在觀禮者之中的戀雪身上。

他瞇起雙眼和眾人一起開心地笑著。

「妳幹嘛一臉喜孜孜的樣子啊？」

原本凝視著戀雪的雛，因為虎太朗這句話而猛然回神。

「有什麼關係啊～今天可是哥哥的大喜之日呢。」

「聽到他說『瀨戶口學妹，妳變漂亮了呢』，讓妳樂得飛上天了吧。」

「你偷聽我們講話～？」

「是你們的對話傳到我耳裡啦！」

兩人忘了周遭還有其他人在，不自覺地提高音量開始鬥嘴。

聽到笑聲而望向四周，他們發現自己不知何時成了全場注目的焦點。

戀雪也以手掩嘴，笑到雙肩都在顫抖的程度。

（連戀雪學長都在笑我們了啦～～！）

雛難為情地垂下頭。

虎太朗則是露出「搞砸了」的表情，有些尷尬地將手貼上後腦杓。

「虎太朗～～」

夏樹提著裙襬來到兩人身旁。

「幹嘛啦……！」

「這是當上新娘子的姊姊給你的建議……」

說著，滿臉笑容的夏樹重重拍了虎太朗的背一下，讓他有些站不穩。

「加油喔！」

「加什麼油啦！」

見狀的眾人哄堂大笑，夏樹則是揮揮手表示：「謝謝大家～！」

被春輝和蒼太夾在中間的優朝夏樹走去，俐落地將她公主抱起。

雖然嚇了一跳，但夏樹仍開心地以手圈住優的頸子。

「哥哥跟小夏看起來都很幸福呢。」

「因為那兩人眼中都只有彼此啊。」

事實確實如虎太朗所言。雛的臉上再次浮現笑意。

「他們很相配呢。」

今後，這兩人想必也會懷抱著「最喜歡你」的心情一起走下去吧。

離開車站後，外頭已是夕陽西下的時分。

雛和虎太朗並肩走著，沒有太多交談。

他們倆都已經在會場換上便服，並把行李託付給自己的父母，所以是一身輕的狀態。

念高中時，這是每天的必經之路，所以總讓人有些懷念。

因為已經是好一段時間之前的事了，這一帶多了很多沒看過的店家。

不過，公園附近的風景倒是沒有改變。

種著整排銀杏樹的石磚路，現在也染上一片淺橘色。

「妳明天就要回大學了嗎？」

「嗯……有報告要交。」

目前在北海道的大學就讀獸醫學系的雛，正為了考取執照而努力念書。

epilogue
～終曲～

每天的生活都被實習和研究塞滿的她，沒辦法請假太多天。

「妳下次回來的時候，就是夏天了嗎……」

說著，虎太朗伸了個懶腰。

他的雙眼望向天空。

「……很快的。」

只是短短兩個月之後的事。

（不過……這段期間，我們就沒辦法見面了呢。）

雛將視線往下移，凝視兩人落在石磚路上的影子。

她明明應該已經習慣這種分隔兩地的狀態了才對。

「我會……再去找妳的。」

虎太朗停下腳步，以溫柔無比的眼神望向雛這麼說。

「你可別又說要給我驚喜，就突然跑過來喔……！」

（雖然……那次我很開心啦。）

虎太朗笑著以「我知道啦」回應。

「下次要去找妳時，我會事前通知妳。」

「嗯……」

（我會等你……）

屆時——

「……咦，雛？」

突然傳來的呼喚聲將雛拉回現實。她轉過頭。

「雛，果然是妳～！」

帶著笑容走過來的，是跟雛念同一所大學的朋友。

epilogue
～終曲～

雖然就讀不同學系，但兩人住宿舍時曾當過室友，現在偶爾也會聯絡。

「……你是雛的男朋友嗎？」

她望向雛身旁的虎太朗問道。

「「咦！」」

雛和虎太朗同時發出不知所措的驚呼。

雛悄悄望向虎太朗的臉，而虎太朗也朝她瞄了一眼。

我們是青梅竹馬——

換作是以前的雛，想必會馬上這麼回答。

因為她不喜歡被人調侃、不希望被人誤會。

「咦，我誤會了嗎？對不起！」

交互望向虎太朗和雛的臉幾次之後，友人慌慌張張地開口道歉。

「是我男朋友沒錯！」

雛一把捉起虎太朗的手，然後這麼脫口而出。
不用望向一旁，她也明白虎太朗一定嚇了一大跳。

妳沒有誤會——
雛滿臉通紅地垂下頭。

「我想和他變成這種關係」。

「果然是這樣嗎～你們看起來感情很好嘛！」
說著，友人揮揮手說「再見嘍！」向兩人道別。
虎太朗和雛並肩站在原地，目送她的背影離去。

握著的手變得好燙——

epilogue
～終曲～

「……我可以嗎？」

「……嗯。」

雛握著虎太朗的手輕輕點頭。

虎太朗也對和雛交握的那隻手稍稍使力。

「我就是要虎太朗！」

對上視線後，兩人的臉上也自然而然浮現笑容。

總是只顧著逞強、無法坦率，所以繞了好大一圈。

但現在，她能夠說出口了。

果然必須是「你」。

不是「你」的話就不行——

The end

HoneyWorks 成員留言板

Gom

shito

非常感謝將《原本最討厭的你》小說化!!
這是我很希望能小說化的曲子之一，所以十分開心。
為了變成像虎太朗般帥氣的男人，我會努力磨練自己。

ヤマコ

非常感謝將
《原本最討厭的你》小說化!!
升格成學長姊後，又更邁向大人之路的
雛和虎太朗，實在相當令人憐愛……
我也想跟虎太朗的Guts看齊!!

モゲラッタ

虎太朗，
你變成超棒的男人了，
叔叔嚇了一大跳啊…
モゲラッタ

支援成員！

Oji

謝謝各位閱讀

《原本最討厭的你》！

原本應該是最討厭的人…但為什麼…

讓自己這般怦然心動呢…

如果演唱會上再次演奏這曲，請一起唱吧！

Gt. oji

ziro

ziro

視線交會

×

怦然心動

×

意識到對方

⇒只能衝了吧！

雛虎～！是我啊～！

你們要幸福喔～！

Atsuyuki

我一直

怦然心動個不停…

Atsuyuki

中西

我原本最討厭

天下一品的拉麵，

但現在變得超喜歡。

人生就是這麼回事吧。

Gt 中西

cake

非常感謝將《原本最討厭的你》小說化!!

看到雛和虎太朗的關係有所進展，

支持這一對的我真的很開心！

支持這一對的發展♪

好期待這兩人今後的發展♪

cake

Who's next?

©Keishi Ayasato / Sadanatsu Anda / Hiroshi Ishikawa / Kyoichi Ito / Takuya Okamoto / Soushi Kusanagi / Yu Kudo / Kuyo / Shio Sasahara / Shunsuke Sarai / Chie Sanda / Sennendou Taguchi / Hazuki Takeoka / Makito Hanekawa / Eiji Mikage / Mizuki Mizushiro / Toshihiko Tsukiji / Bingo Morihashi / Kenji Inoue / Mizuki Nomura 2017 / KADOKAWA CORPORATION

短篇小說創作集 妳我之間的15公分

Kadokawa Fantastic Novels

作者：井上堅二 等20 人合著　插畫：竹岡美穗 等7 人合著

以15公分串聯起你我之間的無限可能……
由總數20名作家聯合執筆的短篇小說傑作集！

也許會發生於明天的，屬於你的「if」的故事。由《笨蛋，測驗，召喚獸》、《文學少女》等總數二十名作家聯合執筆，主題涵蓋「15公分」與「男女」這兩個題目。有懸疑、愛情、奇幻、運動或其他天馬行空的類型，20篇短篇小說傑作集！

NT$280/HK$93

©Misaki Saginomiya 2019 / KADOKAWA CORPORATION

三角的距離無限趨近零 1~4 待續

Kadokawa Fantastic Novels

作者：岬鷺宮　插畫：Hiten

我愛上的那個女孩體內住著兩個靈魂——
與雙重人格少女譜出的三角戀愛故事。

矢野在跟春珂與秋玻接觸的過程中，戀情也在心中萌芽——又在某一天突然宣告結束。然後他變了。所以，為了找回剛認識時的「他」，我——我們展開了行動。在沒有交集的教育旅行途中，我們努力追逐矢野同學，就算我們已經不是情侶——

各 **NT$200~220/HK$67~73**

國家圖書館出版品預行編目資料

原本最討厭的你/HoneyWorks原案；香坂茉里作
；咖比獸譯. -- 初版. -- 臺北市：臺灣角川股份有
限公司, 2021.01
面；　公分. -- (Kadokawa fantastic novels)(告
白預演系列；10)
譯自：告白予行練習 大嫌いなはずだった。
ISBN 978-986-524-174-2(平裝)

861.57　　109018307

Kadokawa
Fantastic
Novels

告白預演系列10

原本最討厭的你

（原著名：告白予行練習 大嫌いなはずだった。）

2021年1月13日 初版第1刷發行

原　案：HoneyWorks
作　者：香坂茉里
插　畫：ヤマコ
譯　者：咖比獸

發行人：岩崎剛人
總編輯：蔡佩芬
編　輯：黃怡珮
美術設計：宋芳茹
印　務：李明修（主任）、張加恩（主任）、張凱棋

發行所：台灣角川股份有限公司
地　址：105台北市光復北路11巷44號5樓
電　話：（02）2747-2433
傳　真：（02）2747-2558
網　址：http://www.kadokawa.com.tw
劃撥帳戶：台灣角川股份有限公司
劃撥帳號：19487412
法律顧問：有澤法律事務所
製　版：尚騰印刷事業有限公司
ＩＳＢＮ：978-986-524-174-2

※版權所有，未經許可，不許轉載。
※本書如有破損、裝訂錯誤，請持購買憑證回原購買處或連同憑證寄回出版社更換。

KOKUHAKU YOKOU RENSHUU Vol.10 DAIKIRAI NA HAZUDATTA。
©HoneyWorks 2019
First published in Japan in 2019 by KADOKAWA CORPORATION, Tokyo.
Complex Chinese translation rights arranged with KADOKAWA CORPORATION .